Yvonne Struck

Jungs sind Idioten. Mädchen auch.

Weitere Titel der Autorin:
Jungs, meine Mutter und der ganze andere Mist

Yvonne Struck

Jungs sind Idioten. Mädchen auch.

Mit Illustrationen
von Carolin Dendorfer

Boje

Dieser Titel ist auch als E-Book erschienen.

MIX
Papier aus verantwortungsvollen Quellen
FSC® C014496

Originalausgabe

Umschlaggestaltung: Tanja Østlyngen unter Verwendung von Motiven von © Africa Studio/shutterstock
Satz: Helmut Schaffer, Hofheim a. Ts.
Gesetzt aus der Adobe Caslon Pro
Druck und Einband: GGP Media GmbH, Pößneck

Printed in Germany
ISBN 978-3-414-82535-3

5 4 3 2 1

Sie finden uns im Internet unter www.boje-verlag.de
Bitte beachten Sie auch www.luebbe.de

Dienstag, 18. Juni

Lara
10:48 Uhr

Früher dachte ich, wenn man sich verliebt, ist das total romantisch, mit Sternenhimmel am Strand und leiser Gitarrenmusik und so was. Von wegen! Ich brauche mir nur die Jungs in meiner Klasse anzusehen, dann weiß ich Bescheid. Die klatschen sich literweise Gel ins Haar und stinken nach irgendeinem ekligem Zeug, und wenn man das nicht toll findet, beschießen sie einen mit angesabberten Papierkügelchen. Die würden nicht mal kapieren, was Romantik ist, wenn man es ihnen buchstabiert!

Trotzdem träume ich davon, ist ja klar. Am liebsten in Erdkunde, denn beim Berger braucht man bloß still dazusitzen, dann lässt er einen in Ruhe. Und falls er doch mal eine Frage stellt, ist die Antwort immer: »Erdöl.«

Nervig wird es nur, wenn er eine Karte braucht. Der Berger steht auf die vergammelten Karten aus den Neunzigern, die im Keller in einem Kabuff vor sich hin modern. Die Teile sind zwar nicht schwer, aber total blöd zu tragen.

Und wer muss die Karte meistens holen? Seine Lieblingskartenträgerin Lara. Also ich.

10:51 Uhr

»Lara, ich brauche die Europakarte Bodenschätze von 1998.«

Hab ich's nicht gesagt?

Na, danke!

10:52 Uhr

Ich gehe extra langsam die Treppe runter. Wenn ich schon die Karte holen muss.

Finn

10:53 Uhr

Der Schulflur stinkt nach Putzmittel, und die Fensterbank ist zu klein für meinen Hintern. Gut, dass ich wenigstens mein Handy dabeihabe, sonst würde ich sterben vor Langeweile! Und das alles nur, weil ich in Englisch ein bisschen gelacht habe.

Okay, ich geb's zu: Ich bin vor Lachen fast vom Stuhl gefallen. Ist aber normal, wenn man neben Niklas sitzt.

Doch heute stand sie plötzlich vor mir: Frau Schinkel, Englischlehrerin kurz vor der Pensionierung.

»Finn Weitenberg, was ist hier so lustig?«

Neben mir fasste sich Niklas zwischen die Beine, und ich prustete schon wieder los.

»Ich will wissen, was hier so lustig ist!«, fauchte die Schinkel.

Niklas hatte in der Pause zwei Mädels aus der Neunten erzählt, sein Ding sei so lang wie eine Salatgurke. Und mindestens eine von denen hatte es echt geglaubt!

Aber das konnte ich der Schinkel ja wohl kaum sagen.

»Das reicht. Du gehst sofort vor die Tür!«

Ich faltete meine Beine unter dem Tisch hervor.

Eine Salatgurke! Hatte das Mädel überhaupt eine Ahnung, wie lang so ein Teil ist? Oder hatte sie vielleicht an eine Gewürzgurke gedacht? Armer Niklas …

»Wenn deine Mutter nicht im Kollegium wäre …«, seufzte die Schinkel. Dann fiel die Tür hinter mir zu.

10:54 Uhr

Schritte! Schnell das Handy weg. Das muss 'ne Lehrerin sein, und noch mehr Ärger kann ich echt nicht gebrauchen.

Die Schritte kommen die Treppe runter. Doch keine Lehrerin, ein Mädchen! Geht die nicht in die Neunte? In die gleiche Klasse wie die, die Niklas verarscht hat?

Lara

10:55 Uhr

Warum sitzt der hier auf der Fensterbank, mitten in der Stunde?

Süß ist er ja schon irgendwie … Ignorieren oder weitergehen?

10:56 Uhr

Ich bin schon fast vorbei, da sagt er plötzlich: »Hallo.« Ich also auch: »Hallo.«

Und jetzt stehe ich hier. Er sieht mich an, ich sehe ihn an, und meine Wangen werden immer heißer.

Finn

10:57 Uhr

Zong! Ihre Augen in meinen. Wie vom Laster angefahren, nur in Schön. So fühlt es sich an.

Ich hätte eben tausend Dinge zu ihr sagen können. Und was hab ich gesagt? »Hallo!«

Damit gewinne ich garantiert nicht den Preis für die originellste Anmache.

10:58 Uhr

Scheiße, jetzt ist auch noch das Handy runtergefallen! Zum Glück ist das Display noch heil.

Hauptsache, der Rest funktioniert auch noch!

10:59 Uhr

Scheint so weit alles okay zu sein. Nur noch eine App überprüfen …

»In der Schule sind Handys verboten«, sagt sie.

»Weiß ich.« Ich stecke das Teil weg. »Ich habe ja auch gar keins.«

Sie zieht eine Augenbraue hoch.

»Was machst du eigentlich hier, mitten in der Stunde?«, frage ich schnell.

»Und du?«

»Handypause.« Ich grinse.

Sie hat ein echt süßes Lachen.

Lara

11:00 Uhr

Er freut sich richtig über seinen Witz. Grinst wie ein kleiner Junge, mit total süßen Grübchen auf den Wangen. Unmöglich, da nicht zu lachen.

11:01 Uhr

Ob er sieht, was ich gerade gedacht habe? Dass ich seine Grübchen süß finde?

Jetzt sind meine Wangen noch heißer.

Ich halt's nicht mehr aus! Wenn er nicht bald was sagt, sag ich was!

11:02 Uhr

»Ich muss«, sage ich schließlich und zeige auf die Treppe.

»Was willst du denn da unten?«, fragt er.

»Eine Karte holen.«

»Karte? Für den Berger?«

Ich nicke.

»Warte, ich helf dir!« Er springt von der Fensterbank. »Ich bin übrigens Finn.«

»Lara.«

11:03 Uhr

Jetzt stapfen wir zusammen runter zum Keller.

11:07 Uhr

Wir stapfen wieder hoch. Finn hat darauf bestanden, die Karte zu nehmen. Erst hab ich protestiert, aber nur kurz, denn das Teil ist echt ätzend zu tragen. Außerdem ist es ja irgendwie auch nett von ihm.

Blöd nur, dass er jetzt hinter mir geht. Ich hab das Gefühl, er starrt mir direkt auf den Hintern.

Finn

11:08 Uhr

Lara hat einen echt süßen Hintern! Klein und knackig. Und ich hab ihn direkt vor der Nase!

11:09 Uhr

Da vorne ist ihre Klassentür. Ich hatte recht. Sie geht in die 9a.

Lara bleibt stehen. »Tja, dann … danke«, sagt sie und streckt die Hand nach der Karte aus.

»Immer gerne«, sage ich grinsend und gebe sie ihr. Lara winkt noch mal kurz, dann ist sie drinnen, und ich stehe draußen.

Bis mir irgendwann einfällt, dass ich besser mal zurückgehen sollte vor meine eigene Klasse.

11:11 Uhr

Jetzt sitze ich wieder auf meinem Platz im Flur und kriege das Grinsen nicht mehr abgestellt.

Lara

11:12 Uhr

Ich sitze wieder in der Klasse, auf meinem Platz neben Bea. Keine Ahnung, wie ich es hierhergeschafft habe. Als ich mit der Karte hereinkam, hörte ich Herrn Berger wie durch Watte sagen: »Das hat ja lange gedauert heute. Alles in Ordnung, Lara?«

Ich glaube, ich habe genickt. Keine Ahnung, wie gesagt … Und keine Ahnung, was der Berger gerade eben an der Karte gezeigt hat. Wahrscheinlich Grübchen.

Finn

15:10 Uhr

Ich Idiot! Warum hab ich Lara nicht gefragt, ob sie sich mal mit mir treffen will? Obwohl – warum hätte sie Ja sagen sollen? Besonders witzig war ich ja nicht gerade.

15:15 Uhr

Die Schinkel hat Ma im Lehrerzimmer abgefangen und vollgetextet, weil sie mich aus dem Unterricht werfen musste. Ich sehe sie genau vor mir, ihre pseudobesorgte Miene, von wegen, *er macht es einem aber auch schwer, er ist ja intelligent, er will nur nicht, das ist wohl die Pubertät, blablabla …*

Von Ma dann zu Hause die übliche Leier: »Ich mache mir Sorgen. Was ist los mit dir, Finn? Geht es dir nicht gut? Hast du Probleme? Du kannst mit mir über alles reden!«

Ich will aber nicht reden, verdammt noch mal! Schon gar nicht heute. Und schon gar nicht mit meiner Mutter!

Nach dem Essen hau ich ab zu Niklas.

16:01 Uhr

Das Gute an Kumpels ist: Man muss nicht ständig quatschen. Niklas merkt auch so, dass was nicht stimmt. Nach meinem dritten k.o. beim Zocken sagt er plötzlich: »Du hast doch was, Alter.«

»Ich hab' da so 'n Mädchen getroffen«, murmele ich und merke selbst, wie blöd das klingt. *So 'n* Mädchen.

Niklas lässt das Gamepad sinken und sieht mich an. »Wen?«

»Lara«, sage ich, und mein Herz schlägt plötzlich schneller als sonst. »Aus der 9a.«

»Kenn ich nicht. Schon was klargemacht?«

»Nee …«

»Dann wird's aber Zeit«, sagt er und startet eine neue Runde.

»Wie denn?«, frage ich.

»Das lässt sich machen!« Niklas grinst. »Aber nur, wenn du endlich mal vernünftig spielst!«

Vielleicht können wir Lara morgen früh vor der Schule abpassen?

Dann muss ich vorher aber noch im Internet nach coolen Anmachsprüchen suchen!

Lara
16:05 Uhr

Heute bin ich den ganzen Nachmittag bei Bea, ich bin direkt nach der Schule mit zu ihr gegangen. Und obwohl sie genau weiß, wen ich meine (»Der geht doch in die 10a!«), will sie Finn in allen Einzelheiten beschrieben haben. Sein Lächeln, seine Grübchen, seine grünen Augen …

»Und sein Hintern?«

»Er ging hinter mir, schon vergessen?«, sage ich. »Wie soll ich da wissen, wie sein Hintern aussieht?«

»Hättest dich ja umdrehen können, als er weggegangen ist.«

»Damit er denkt, ich starre ihm nach?«

»Auch wieder wahr. Aber wenn er hinter dir ging, hat er garantiert auf *deinen* Hintern gestarrt.«

»Glaube ich nicht.« Meine Wangen beginnen zu glühen.

»Klar hat er.« Bea grinst noch breiter. »Wetten?«

»Sag mir mal lieber, wie ich ihn wiedertreffe!«

»Du weißt doch, wo er morgen früh ist. In der 10a.«

»Und da soll ich einfach so reinmarschieren, oder was?« Ich bekomme schon Panik, wenn ich nur daran denke.

»Wir können ihn auch in der Pause suchen«, meint Bea.

»Und was soll ich zu ihm sagen?«

»Irgendwas Cooles muss es sein.« Bea runzelt die Stirn. »Aber auch nicht zu cool ... Warte mal, ich weiß, wo wir nachsehen.« Sie angelt nach ihrem Handy.

Ich weiß schon, was jetzt kommt. Beziehungsweise wer. Nämlich Honey, Beas allerliebste YouTuberin, die ständig Videos über Styling, Schminken, Klamotten und Flirten auf ihrem Kanal hochlädt. Ich stöhne. »Glaubst du echt, Honey weiß, was ich morgen zu Finn sagen soll?«

»Wer weiß? Bestimmt hat sie ein paar super Ideen. Na also, hier ist es: die ultimativen Flirt-Tipps!«

Ich stöhne schon wieder, aber Bea ist nicht zu stoppen. Und Honey auch nicht.

Sie wirft ihre honigfarbenen Haare hin und her, wirbelt mit irgendwelchen Schminkstiften und grinst dabei mit Bea um die Wette. Es dauert ewig, bis das Video zu Ende ist.

»Alles klar?«, fragt Bea.

»Ich weiß nicht...«, murmele ich. Irgendwo zwischen *Cat Eyes* und *Wow-Brows* habe ich angefangen, von Finn zu träumen.

»Mann, Lara! Ich mach das hier nur für dich! Also, noch mal zum Mitschreiben: Schminken ist ganz wichtig. Das hat Honey ja alles gezeigt. Und dann, kurz bevor du Finn triffst, musst du dir über die Lippen lecken, damit sie feucht glänzen. Ganz wichtig: ihm tief in die Augen sehen. Und das Allerwichtigste: von innen heraus strahlen. Alles klar?«

Ich soll mir also die Lippen vollsabbern, Finn die ganze Zeit anstarren und von innen strahlen ... Vielleicht vorher eine Taschenlampe verschlucken?

Super Tipps, wirklich!

»Ja, danke«, sage ich zu Bea. »Ich denk noch mal drüber nach.«

19:21 Uhr

Ich bin wieder zu Hause, aber schlauer bin ich immer noch nicht.

Was soll ich denn nun morgen zu Finn sagen?

Das Problem ist: Immer wenn ich an seine grünen Augen denke, feiern in meinem Bauch irgendwelche Schmetterlinge eine wilde Party. Und dann ist es vorbei mit dem klaren Denken!

19:23 Uhr

Wo hat Lina eigentlich ihre pinke Mini-Taschenlampe versteckt? Vielleicht sollte ich mal nach nebenan in ihr Zimmer schleichen und danach suchen …

Nur für den Fall der Fälle!

Mittwoch, 19. Juni

Finn

7:06 Uhr

Rasieren oder nicht, das ist heute Morgen die Frage. Frauen stehen doch angeblich auf Dreitagebärte – unrasierte, wilde Kerle, die auf einem noch viel wilderen Mustang durch die Prärie reiten … Aber erstens kann ich nicht reiten, zweitens sähe das auch ziemlich blöd aus mit einem Pferd in der Schule, und drittens bin ich nicht Jorge aus meiner Klasse. Der musste sich schon rasieren, als er dreizehn war. Typisch Spanier eben.

Und ich? Ich muss ganz dicht vor den Spiegel, um meinen Dreitagebart überhaupt zu finden. Beziehungsweise die paar dünnen Stoppeln, die da auf meiner Oberlippe wachsen.

Rasierer, here we go!

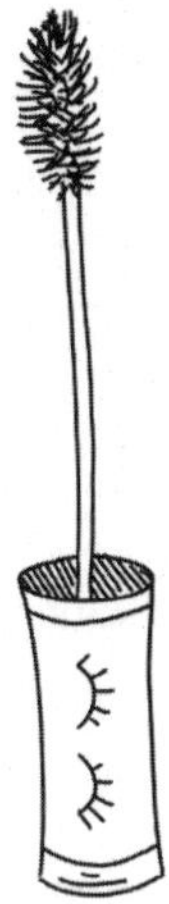

Lara

7:11 Uhr

Schminken oder nicht? Gestern habe ich über Beas Tipps gelacht, aber heute bin ich komplett durch den Wind und weiß gar nichts mehr.

Vielleicht ein bisschen Wimperntusche. Was ist mit Eyeliner? Und Lidschatten …

Scheiße, jetzt sehe ich aus wie Wu, der Kuschelpanda von Lina!

Schnell wieder runter mit dem ganzen Zeug.

7:22 Uhr

Rot gerubbelte Augen. Na klasse. Sexy geht anders.

7:25 Uhr

Hab die Augen mit einem kalten Waschlappen gekühlt. Sehe aber immer noch total verheult aus.

Okay, okay, ganz ruhig. Abdeckcreme! Und ein bisschen Mascara, das muss auf jeden Fall wieder drauf.

Scheiße, schon gleich halb acht!

Finn

7:26 Uhr

Aftershave. Aber Vorsicht jetzt! Ich will ja nicht enden wie Justin, der Klassendepp. Vor dem hauen selbst die Fliegen ab, weil er immer stinkt, als hätte er in dem Zeug geduscht.

7:27 Uhr

Ich habe die Aftershave-Flasche auf dem Finger umgedreht, um NUR AUF DEN FINGER ein bisschen von dem Zeug zu kriegen.

Plötzlich hämmert es an der Tür.

»Finn! Bist du bald fertig dadrinnen!«

Ich zucke zusammen, mein Finger auch.

Scheiße, scheiße, scheiße!!!

Jetzt stinkt meine Pyjamahose und alles darunter wie Hölle.

7:38 Uhr

Zehn Minuten geduscht und dabei mit Mas Rückenbürste geschrubbt, dass die Haut beinahe runtergekommen wäre. Trotzdem rieche ich immer noch wie Justin hoch sieben. Die Sprüche meiner Kumpels kann ich jetzt schon hören.

Aber was noch viel schlimmer ist: So kann ich unmöglich Lara wiedersehen! Beziehungsweise wiederriechen, ha, ha, ha. Wenn sie das riecht (so aus zehn Meter Entfernung oder so), dann dreht sie sofort um und verschwindet. Würde ich ja auch, wenn ein Mädchen ohne Ende nach Parfüm stinkt! Und ich würde denken, die ist voll uncool und irgendwie eklig.

Oh nein, wenn Lara das über mich denkt, bringe ich mich um!

Was mach ich nur, was mach ich nur?

7:39 Uhr

Krank spielen? Aber Ma riecht doch sofort, was los ist!

7:43 Uhr

Ma eben so: »Finn, beeil dich gefälligst! Ich kann heute nicht so schnell, du weißt doch, dass ich erkältet bin!«

Erkältet? Yeah!

Jetzt liege ich im Bett. Offiziell krank. Ich habe behauptet, ich hätte gerade ins Klo gekotzt, und sie kann nicht riechen, dass ich eigentlich nach was ganz anderem stinke.

Sie hat bloß Panik, dass ich sie auch noch mit Magen-Darm anstecke.

Es lebe Mas Schnupfen!!!

Lara

7:54 Uhr

Mit Bea vor der Schule. Das Make-up, das ich mir in einer dicken Schicht um die Augen geschmiert habe, fühlt sich komisch hart an, und meine Lippen sind komplett ausgetrocknet vom vielen Drüberlecken.

Ob Finn noch kommt?

8:00 Uhr

Es klingelt. Entweder war er total früh dran, oder er ist zu spät. Bea zerrt an meinem Arm, ich muss in die Klasse.

9:39 Uhr

Wir haben den kompletten Schulhof nach Finn abgesucht, und jetzt will Bea ein paar Typen aus seiner Klasse fragen, wo er steckt. Würde ich mich alleine ja nie trauen, einfach so zu drei Jungs aus der Zehnten hinzugehen. Aber Bea kennt den einen, Niklas, aus ihrem Schwimmverein.

»Habt ihr Finn gesehen?«, fragt sie ihn.

Niklas mustert sie von oben bis unten, bevor er antwortet. »Finn? Was willst du denn von dem?«

»Ist er nun da oder nicht?«

»Der ist krank.« Niklas zwinkert ihr zu und flüstert dann total laut: »Offiziell jedenfalls. Ich wette, er schwänzt.«

Die anderen beiden Jungs schmeißen sich weg vor Lachen.

»Wieso glaubst du das?«, frage ich heiser. Denn wenn Finn heute schwänzt, heißt das ja, dass ich ihm scheißegal bin.

»Gestern Nachmittag sah er noch total fit aus«, behauptet Niklas.

Scheiße! Cool bleiben! Ich muss so tun, als wäre es mir auch scheißegal. Als wäre Finn mir scheißegal.

»Dann grüß Finn mal ganz herzlich von Lara!«, flötet Bea.

Danke, Bea!!!

9:48 Uhr

Bea meint, Finn ist wirklich krank. Egal, was Niklas gesagt hat.

»Das geht manchmal ganz schnell. Weißt du nicht mehr, wie wir neulich die halbe Nacht am Handy gequatscht haben, und am nächsten Morgen hatte ich plötzlich Magen-Darm und habe in meinen offenen Schulrucksack gekotzt?«

Soll ich mir jetzt vorstellen, wie Finn in seinen Rucksack kotzt, oder was?

Noch mal danke, Bea!

9:49 Uhr

Vielleicht ist er ja wirklich krank. Mit irgendetwas, das nicht ganz so eklig ist.

Finn

10:00 Uhr

Ich war zwei Stunden in der Wanne, um den verdammten Aftershave-Gestank loszuwerden. Erst einweichen, dann wieder schrubben mit Mas Rückenbürste. Jetzt sind mein Bauch und meine Beine knallrot, und meine Finger sehen aus, als wäre ich mindestens achtzig. Aber das Wichtige ist: Ich stinke nicht mehr so bestialisch. Ich habe den Geruchstest gemacht, auch wenn es verdammt schwer ist, sich selber untenrum zu beschnuppern …

Morgen kann ich jedenfalls wieder in die Schule. Und endlich Lara wiedersehen!

Muss dringend noch mehr Anmachsprüche rausfinden.

Donnerstag, 20. Juni

Finn

7:53 Uhr

Wir wollen Lara vor der Schule abpassen. Eigentlich eine gute Idee, sollte man meinen, aber Niklas ist manchmal echt ein Idiot. Okay, er ist mein bester Kumpel, aber auch ein Idiot.

»Ist sie das?«, fragt er bei jedem Mädchen, das halbwegs gut aussieht.

»Nein«, sage ich jedes Mal. »Ich sag dir Bescheid, okay?«

»Die ist aber auch heiß! Warum nimmst du nicht die?« Er boxt mich in die Seite.

»Ich warte auf Lara«, sage ich.

»Mann, dich hat's ja echt erwischt.«

»Kannst du nicht mal die Klappe halten!«

7:55 Uhr

Da vorne kommt Lara! Plötzlich klopft mein Herz wie bescheuert, und die coolen Sprüche aus dem Internet sind alle weg. Ich starre auf meine Schuhe, und als ich wieder hochsehe, steht sie genau vor mir. Ihre Augen sind blau.

»Ähm … hi!«, stammele ich.

»Hi«, sagt sie. Ihre Stimme klingt ein bisschen heiser, total sexy. Mir wird heiß.

In dem Moment läutet es zur Stunde.

»Tja, ähm … sehen wir uns später?«, frage ich.

Sie nickt und lächelt mich an, dann verschwindet sie zusammen mit einer Freundin in der Schule. Ihr Hintern ist echt verdammt scharf.

8:01 Uhr

Wenn Niklas mich nicht in die Klasse geschleift hätte, würde ich jetzt noch da stehen und Lara hinterhersehen. Stattdessen sitze ich in Mathe und langweile mich, während der Heinemann irgendwelche Dreiecke an die Tafel malt.

Ich brauche einen Plan, was ich nachher in der Pause zu Lara sagen soll! Blöderweise ist mein Gehirn komplett leer gepustet. Aber wie soll man sich auch konzentrieren, wenn der Heinemann ständig dazwischenlabert mit Wörtern wie Hypotenuse und Kathete?

Lara

9:27 Uhr

Finn ist nicht mehr krank. Und nicht nur das: Er hat mich gefragt, ob wir uns später sehen! Das ist doch fast schon so etwas wie ein Date, oder?

Nur noch drei Minuten bis zur Pause!!!

9:28 Uhr

Noch zwei Minuten.

9:29 Uhr

Noch eine Minute … vergeht die Zeit eigentlich immer so langsam?

9:30 Uhr

Es klingelt!!!

9:31 Uhr

Ich habe gerade mein Heft in den Rucksack gestopft, da ätzt es von hinten: »Kannst es wohl kaum erwarten, deinen Lover wiederzusehen, was?«

Ich schieße herum. Vanessa, die Klassenzicke, grinst mich an. »Oder ist das gar nicht dein Lover, mit dem du vorhin vor der Schule geflirtet hast?«

»Ich habe nicht geflirtet«, sage ich. Woher weiß sie das überhaupt?

»Ach nein, du weißt ja gar nicht, wie das geht.« Vanessa schnipst einen Fussel vom pink lackierten Fingernagel. »Egal, Hauptsache, du lässt die Finger von Niklas.«

»Keine Sorge«, sage ich. »Den nehme ich dir bestimmt nicht weg.«

»Das ist auch besser für dich! Obwohl dein Freund ja nicht mal halb so sexy ist …«

Sie dreht sich um und stöckelt aus der Klasse.

»Blöde Kuh«, zischt Bea neben mir.

»Sag mal, stimmt das, dass du einen Freund hast?«, fragt Samira. Wo kommt die denn jetzt auf einmal her?

»Wer sagt das?«, frage ich.

»Na, Vanessa hat das doch eben gesagt.«

»Lara hat keinen Freund«, sagt Bea laut. Dann flüstert sie: »Aber sie ist verknallt!«

Das Problem ist nur: Wenn Bea flüstert, hört man es noch zwanzig Meter weiter. Es dauert keine drei Sekunden, dann bin ich von einer Traube Mädchen umringt, die genau wissen wollen, was bisher passiert ist. Eigentlich will ich ja gar nicht darüber reden, aber sie sehen mich so total lieb an, also erzähle ich es doch. Wie wir uns auf dem Schulflur getroffen haben, wie Finn mir die Karte getragen hat, alles.

»Das ist so schön!«, schwärmt Leonie. »Wie im Kino!«

»Und wann siehst du ihn wieder?«, fragt Samira.

»Na ja«, sage ich. »Hoffentlich jetzt gleich. Drückt mir die Daumen.«

»Ladies, bitte Platz machen!«, ruft Bea.

Sofort öffnet sich der Kreis, der sich um mich gebildet hatte.

»Viel Glück«, rufen mir die Mädels hinterher.

Kann ich gebrauchen. Die Schmetterlinge in meinem Bauch haben nämlich schon wieder die Partymusik aufgedreht. Gleich sehe ich Finn wieder!

Finn
9:36 Uhr

Ich bin auf dem Schulhof, und die Jungs stehen kichernd wie die Mädchen neben mir. Aber weg kann ich nicht, sonst verpasse ich Lara. Oh Mann!

Warum habe ich mich nicht einfach im Schulgarten oder sonst wo mit ihr verabredet, anstatt nur cool »Bis später« zu sagen? Dann hätte ich die Jungs locker abhängen können. Aber so? Keine Chance. Obwohl ich es echt versucht habe.

»Kommst du heute Nachmittag mit ins Freibad?«, fragt Jorge.

»Bisschen chillen, Mädels abchecken und so«, sagt Marvin.

»Was?«, frage ich. Ich muss die Typen dringend loswerden, aber wie?

»Freibad! Heute Nachmittag!«, wiederholt Niklas. »Hast du was mit den Ohren?«

»Ja, ja, meinetwegen.« Ich atme tief ein. »Ähm, hört mal … Könnt ihr nicht mal abhauen?«

»Hä? Wieso das denn?«

»Ich will hier echt alleine sein«, sage ich.

Die drei sehen mich an, als hätte ich verkündet, meine Lieblingsfarbe sei Rosa. Mit Glitzer.

»Ehrlich jetzt«, sage ich.

»Was ist denn mit dir los?«, fragt Jorge.

»Ich hab's!«, ruft Niklas. »Du wartest auf die Tussi, stimmt's? Die von heute Morgen?«

»Lara ist keine Tussi!«

»Ist sie 'ne richtig scharfe Braut?« Marvin zeichnet mit den Händen Riesentitten in die Luft, dabei hat er selber welche, schwabbelig, wie er ist.

»Haut bloß ab!«, zische ich.

9:37 Uhr

Jetzt stehen sie nicht mehr neben, sondern drei Meter hinter mir und kichern.

9:43 Uhr

Da kommt sie!

Lara

9:44 Uhr

Dahinten ist Finn! Und er hat wieder diese süßen Grübchen beim Lächeln.

Plötzlich sind meine Knie aus Wackelpudding.

9:45 Uhr

Ich habe es tatsächlich zu Finn geschafft, ohne vor seinen Augen auf die Nase zu fallen.

»Hi«, sagt er.

»Hi«, krächze ich. Na super, ich bin schon wieder heiser vor Aufregung.

»Erkältet?«, fragt er.

Ich schüttele heftig den Kopf. Schleim und Schnodder sind das Letzte, an das er jetzt denken soll!

Plötzlich höre ich hinter mir ein Kichern. Eigentlich ist es mehr ein Gackern. So gackert nur eine, nämlich Leonie aus meiner Klasse.

»Ähm …«, sage ich.

»Hast …«, beginnt Finn gleichzeitig.

Das Gackern im Hintergrund wird lauter, und irgendwo aus der anderen Richtung grölt jemand: »Freibad!«

Finn starrt plötzlich auf seine Füße.

»Hast du, ich meine, willst du vielleicht gerne …«, sagt er. Stammelt er etwa meinetwegen so rum? Das ist so süß!

»Ja!«, rufe ich.

Finn sieht mich an. »Ja, was?«

»Ach, ähm …«, stottere ich. »Wolltest du nicht gerade was fragen?«

»Aber du weißt doch noch gar nicht, was.«

Egal, ich sage zu allem Ja! Weil ich total verknallt in dich bin! Oh Mann, warum bin ich nur immer so peinlich?

»Was denn?«, frage ich und glühe dabei wie ein Streichholz direkt nach dem Anzünden.

Finn zuckt mit den Schultern. »Eigentlich wollte ich fragen, ob du vielleicht Lust hast, mal zusammen was zu machen? Also, mit mir?«

»Klar«, sage ich, und meine Stimme zittert nur ein ganz kleines bisschen dabei.

»Okay, super.«

»Und wann?«, frage ich.

»Wie wär's mit heute?«

Ich beiße mir auf die Zunge, um nicht wieder sofort »Ja« zu brüllen.

Finn sieht mich fragend an. »Oder passt dir das nicht? Ich meine, vielleicht hast du schon was vor, dann können wir auch ein anderes Mal …«

»Nein!«, rufe ich. »Heute ist toll!«

Wir strahlen uns an.

Neben uns grölt es schon wieder: »Frei-Bad! Frei-Bad!«

Freibad? Oh nein!!!

Freibad wie Freyberg. So heißt nämlich mein Gitarrenlehrer: Herr Freyberg. Ich habe total vergessen, dass ich heute Nachmittag Gitarrenunterricht habe. Und den Unterricht kann ich auf gar keinen Fall absagen. Ich will nämlich morgen direkt nach der Schule zum Casting für die Schulband. So ein Mist!

»Ähm, mir fällt gerade ein … Ich habe heute Gitarrenunterricht«, sage ich.

»Oh«, sagt Finn. Er sieht ziemlich enttäuscht aus.

»Dann vielleicht morgen?«, frage ich. »Also, falls du da Zeit hast.«
»Musst du morgen nicht Gitarre spielen?«

»Nachmittags nicht«, sage ich. »Da würde ich sehr gerne mit dir … also, was auch immer.«

»Eis essen vielleicht?«

»Super!«

Es klingelt. Finn kramt schnell sein Handy aus der Hosentasche. »Gibst du mir deine Nummer?«

Ich sage sie ihm. Der Schulhof leert sich ziemlich schnell.

»Ich muss.« Ich nicke in Richtung Schulgebäude.

»Schätze, ich auch«, sagt er.

Beim Weggehen muss ich mich echt zusammenreißen, um mich nicht noch mal nach ihm umzudrehen.

Wir haben ein Date!!!

9:51 Uhr

Da vorne neben unserem Tisch stehen Bea, Leonie und Samira und platzen fast vor Neugier.

»Und???«

»Was hat er gesagt?«

»Trefft ihr euch?«

Eigentlich müsste ich sauer sein, so wie sie eben rumgekichert haben. Aber was soll's, ich kann gar nicht wütend sein im Moment. Ich habe ein Date!!! Ich könnte fliegen vor Freude! Und das kann die ganze Welt wissen, wenn es nach mir geht.

Wie soll ich es nur bis morgen aushalten?

Finn

15:32 Uhr

Seit heute Morgen bin ich im Dauergrinsemodus. Lara will sich mit mir treffen! Ich kann es kaum glauben, dass ich mich getraut habe zu fragen. Und sie hat tatsächlich Ja gesagt!

Es klingelt an der Tür.

»Für dich«, ruft Ma aus dem Flur.

Was macht Lara denn jetzt schon hier? PANIK!

»Finn, kommst du?«

Ich glaube, ich kriege einen Herzinfarkt!!!

15:34 Uhr

Vor der Tür steht bloß Niklas. Logisch eigentlich, denn woher soll Lara wissen, wo ich wohne? Niklas labert irgendwas von Freibad, dass wir das in der Schule angeblich abgemacht hätten oder so. Was soll's, ich habe eh nichts Besseres vor. Heute jedenfalls nicht. (Grins!)

15:51 Uhr

Jorge und Marvin sind auch mit im Freibad, wir liegen auf der Wiese direkt neben dem Hauptbecken. Wie Niklas immer sagt: Alle geilen Mädels gehen früher oder später ins Wasser, und danach müssen sie tropfnass an uns vorbei.

16:02 Uhr

Jorge stößt mich in die Seite. »Hey Finn, was ist los mit dir? Du sagst ja gar nichts.«

»Romeo denkt nur an seine Julia«, sagt Niklas grinsend.

»Sie heißt Lara, und ihr seid ja nur neidisch.«

16:04 Uhr

»Guck mal, Finn, ist sie das nicht?«, fragt Jorge.

»Was ist wer?«

Er zeigt auf drei Mädels, die gerade in Richtung Becken gehen. »Dahinten! Neben dem Brett.«

Das Brett ist ein Mädchen aus Laras Klasse, die ist vorne platt und hinten platt (O-Ton Marvin). Und das Mädchen neben ihr sieht von hinten tatsächlich aus wie Lara.

Ich glaub's nicht! Lara hat doch gesagt, dass sie Gitarrenunterricht hat! Sonst hätte sie sich doch mit mir getroffen. Es sei denn …

Es sei denn, sie hat keinen Bock auf mich.

Aber das sage ich natürlich nicht laut. »Ach, Quatsch, das ist sie nicht!«

»Sieht aber genauso aus«, meint Jorge. »Oder hat sie eine Zwillingsschwester?«

»Die nehm ich dann!«, ruft Marvin und grinst.

»Hey Finn, die sieht echt genauso aus«, sagt Niklas. »Und die andere ist ihre Freundin von heute Morgen, das scharfe Mäuschen.«

»Du redest aber nicht vom Brett, oder?«, fragt Jorge. »Alter Flachbrettbohrer.«

»Jetzt haltet doch mal die Fresse!«

16:05 Uhr

Die drei Mädels erreichen das Schwimmbecken. Gleich werde ich sehen, dass das da vorne gar nicht Lara ist. Wenn sie sich umdreht, um über die Leiter ins Becken zu klettern.

16:08 Uhr

Das Mädchen, das da vorne im Becken schwimmt, ist eindeutig Lara.

Noch hat sie mich nicht entdeckt.

Und jetzt? Was mache ich jetzt?

»Du siehst ja aus wie ein Gespenst«, sagt Niklas. »Was ist los, Alter? Ist doch geil, deine Liebste im Bikini zu sehen.«

»Sie hat gesagt, sie hat heute keine Zeit.« Kaum ist es raus, da bereue ich es schon.

»Sie hat keinen Bock auf dich!«, ruft Marvin.

»Die hat dich voll verarscht«, sagt Niklas.

»Und was machst du jetzt?«, fragt Jorge.

»Ich hau ab.« Ich greife nach meinem Rucksack.

»Ach Quatsch, du haust nicht ab«, sagt Niklas. »Das darfst du dir nicht gefallen lassen! Ich weiß, was wir machen.«

16:13 Uhr

Jetzt latschen wir über die Wiese in Richtung Sprungturm.

Lara

16:18 Uhr

Ich sitze mit Bea und Samira im Freibad am Beckenrand und lasse die Füße ins Wasser baumeln. Die beiden sind zusammen im Schwimmverein und haben mich eben beim Schwimmen ziemlich abgehängt. Gerade reden sie über die Zeiten, die sie beim letzten Training geschwommen sind.

Warum ich überhaupt hier bin? Weil der Gitarrenunterricht heute ausfällt. Dummerweise hab ich die Nachricht erst gelesen, als ich aus der Schule raus war, in der Schule sind Handys ja verboten. Das Ganze ist echt blöd für meinen Vorspieltermin bei der Schulband, aber vor allem ist es blöd, weil ich Finn gesagt habe, dass ich heute keine Zeit habe! Und ich habe ja seine Handynummer nicht. Sonst hätte ich ihn vorhin natürlich sofort angerufen!

Stattdessen rief ich Bea an. Ich dachte, vielleicht hat sie eine

Idee. Aber von wegen! Sie hatte nicht nur keine Idee, sondern war komplett dagegen, dass ich mich bei Finn melde.

»Das sieht doch total stalkermäßig aus. Als ob du es nicht erwarten kannst, ihn wiederzusehen.«

»Kann ich ja auch nicht«, sagte ich grinsend.

»Er soll aber auch nicht denken, dass du ihm hinterherläufst, oder?«

»Nein?«

»Nein«, sagte Bea. »Außerdem hast du seine Nummer doch gar nicht.«

»Das ist ja das Problem! Wie soll ich es nur bis morgen aushalten?«

»Komm mit ins Freibad, das lenkt dich ab«, sagte sie.

Jetzt sitze ich also hier, halte mein Gesicht in die Sonne und träume von Finn.

Finn

16:20 Uhr

Niklas' Plan ist einfach, effektiv und ziemlich genial. Dachte ich jedenfalls vorhin. Jetzt stehe ich hier oben auf dem Fünfmeterbrett und finde ihn nur noch scheiße.

16:21 Uhr

Niklas, Spitzname »Tsunami«, springt als Erster, und als er wieder auftaucht, ist keins der Mädchen unten am Beckenrand mehr trocken. Genauer gesagt sind sie das Gegenteil von trocken. Marvin und Jorge schmeißen sich weg vor Lachen. Dann nimmt Marvin Anlauf, gerade als Laras hübsche Freundin anfängt, Niklas anzumeckern. Marvins Welle lässt sie ziemlich viel Wasser schlucken, und Jorge springt direkt hinterher.

Jetzt stehe ich alleine hier oben, und Lara sitzt klatschnass unten und starrt zu mir hoch. Aber es gibt kein Zurück mehr. Oder soll ich etwa die Leiter wieder runterklettern?

Ich muss springen, wenn ich nicht wie der letzte Idiot aussehen will.

Und wenn springen, dann richtig.

Jippieh!!!

Lara

16:27 Uhr

Finn ist gesprungen und schwimmt in meine Richtung.

Was soll ich nur sagen, wenn er hier ankommt?

PANIK!!!

16:28 Uhr

Finn zieht sich am Beckenrand hoch und setzt sich neben mich, so dicht, dass ich die Wärme seines Körpers spüren kann. Er sieht mit seinen grünen Augen genau in meine. Mein ganzer Körper glüht. Bestimmt kriege ich kein einziges Wort raus.

Aber ich muss ihm doch erklären, warum ich hier bin!

16:30 Uhr

Ich rede irgendwas, von wegen, Gitarrenunterricht ausgefallen, Lehrer krank, ich hatte deine Nummer nicht und so weiter. Finn sieht mich einfach nur an, aber irgendwann nickt er.

Ein Glück! Er glaubt mir!

16:37 Uhr

Von wegen, er glaubt mir! Finn ist weg. Als ich gerade dachte, alles ist gut, ist er plötzlich ins Wasser gesprungen und mit kräftigen

Zügen zum anderen Ende des Beckens geschwommen. Ohne was zu sagen. Und jetzt krault er irgendwo dahinten hin und her und sieht kein einziges Mal zu mir rüber.

Ich könnte heulen. Und gleichzeitig bin ich stinksauer!

Ich meine: Selbst wenn ich ziemlich blöd rumgestammelt habe … Einfach abhauen, was ist das denn? Er hätte ja wenigstens was sagen können!

Oder liegt es an meinem Aussehen? Gefalle ich ihm nicht im Bikini?

Ich gucke an mir runter. Und da sehe ich es.

Finn

16:39 Uhr

Kraulen, kraulen. Denk an irgendetwas, nur nicht an Lara im supersexy Bikini … mit Wassertropfen auf der Haut … Nicht dran denken!!!

16:41 Uhr

Sie hat irgendetwas geredet. Keine Ahnung, was.

Das Einzige, was ich die ganze Zeit dachte, war: bitte nicht nach unten sehen.

Bloß nicht nach unten sehen!!!

Lara

17:05 Uhr

Niemand kann mich zwingen, jemals wieder dieses Zimmer zu verlassen. Niemand und niemals. Mama und Papa müssen eine Klappe in die Tür sägen, wo sie mir Essen hinstellen, und gut.

Genau. Ich bleibe einfach für immer hier auf dem Bett liegen.

Ich weiß nämlich jetzt, warum Finn abgehauen ist. Und das ist sooo peinlich!

Nachdem ich es gesehen hatte, bin ich zu meinem Handtuch gerast, habe mir meine Sachen geschnappt und bin raus. Natürlich mit einem Arm vor dem Bikinitop.

DURCH DAS MAN MEINE NIPPEL SEHEN KONNTE!!!

Wie konnte das passieren? Ich habe den Bikini doch zu Hause anprobiert! Wird der erst durchsichtig, wenn er nass ist? Wie kann man der ganzen Welt seine Nippel zeigen und es nicht merken???

AAAAAAHHHH!

17:07 Uhr

Als ich schon halb nach Hause geradelt war, fiel mir ein, dass ich auch mal mein T-Shirt überziehen könnte.

Anstatt auch noch allen Autofahrern meine Nippel zu zeigen.

AAAAAAHHHH!!!

17:10 Uhr

Ich kriege keine Luft mehr. LUFT!!!

Kopf unter dem Kissen ist auf Dauer keine Lösung, so viel steht fest.

17:14 Uhr

Ob Finn es wirklich so schrecklich fand, dass er meine Nippel gesehen hat?

Oh Gott, er hat meine Nippel gesehen!

Mein Kopf glüht schon wieder so sehr, darauf könnte man Spiegeleier braten.

17:18 Uhr

Na ja, trotzdem … Stehen Jungs nicht eigentlich auf Brüste?

Ich gehe zum Spiegel und schiebe mein T-Shirt hoch. Eigentlich finde ich meine Brüste wirklich schön. Okay, sie sind nicht so groß wie Beas, aber auch nicht so platt wie Samiras. Zwei kleine Hügel, fest und trotzdem weich. Ich liebe es, sie zu streicheln, so wie jetzt. Wenn das nun Finns Hände wären, seine Finger auf meinen Nippeln … Oh Gott, plötzlich wird mir ganz anders heiß als vorher und an ganz anderen Stellen.

Muss dringend die Zimmertür abschließen!

17:26 Uhr

Ob ihm meine Brüste gefallen würden? Was er vorhin wohl gedacht hat? Ob Finn schon mal mit einem Mädchen geschlafen hat?

Aber garantiert nicht im Freibad vor allen Leuten, Lara!

Schnell wieder runter mit dem Shirt. Wem mache ich was vor? Finn hat meine Nippel gesehen! Mein ganzer Körper brennt, wenn ich nur daran denke! Wie kann man nur so blöd sein? Kein Wunder, dass Finn sofort abgehauen ist! Er fand mich garantiert total peinlich! Oder hässlich? Oder beides? Ich will es gar nicht wissen!!!

Ich kann ihn nicht wiedersehen. Es ist unmöglich. Und so unfair! Wo es doch so gut anfing …

Vorbei, Lara, vorbei! Finde dich damit ab. Ich werde ab sofort nur noch in diesem Zimmer leben, Gitarre spielen, und … was noch? Lesen, fernsehen, im Internet surfen. Bis ich eckige Augen habe, wie Papa immer sagt. Und keine Muskeln mehr, außer im rechten Zeigefinger vom Klicken. Aber das würde wahrscheinlich ziemlich bescheuert aussehen. Stricken vielleicht? Da haben wenigstens beide Hände was zu tun. Genau, ich

werde stricken, bis ich alles im Zimmer und mich selber komplett umstrickt habe. Dann kann wenigstens nie wieder jemand meine Nippel sehen.

Das Problem ist nur: Ich hasse stricken.

Bleibt also noch die Gitarre.

Ich angle danach und beginne zu spielen, keinen Song, sondern einfach nur traurige Töne voller Sehnsucht.

19:00 Uhr

Mama fragt, ob ich zum Abendbrot runterkomme. Natürlich nicht. Ich werde nie wieder etwas essen.

20:00 Uhr

Riesenhunger. Egal, ich ziehe das jetzt durch.

21:00 Uhr

Mamas geheime Schokoladenvorräte geplündert. Jetzt ist mir schlecht.

Das kommt bestimmt vom Liebeskummer.

Finn

21:10 Uhr

Ich liege auf meinem Bett und denke nur an eines: Brüste. Laras Brüste in dem scharfen Bikini. Man konnte durch das Oberteil ihre Nippel sehen!

Ich kann an nichts anderes mehr denken, meine Hose ist kurz vorm Platzen.

Muss dringend die Zimmertür abschließen.

21:19 Uhr

Wem mache ich was vor? Das mit Lara ist vorbei. Sie hat zwar nicht nach unten gesehen, jedenfalls nicht direkt, aber bestimmt hat sie nur so getan, als hätte sie nichts bemerkt.

Denn nur ein Blinder konnte DIE RIESENBEULE IN MEINER HOSE übersehen!!!

AAAAHHHH!

Freitag, 21. Juni

Finn

7:13 Uhr

Ich habe die ganze Nacht von Lara im Freibad geträumt, echt scharfe Träume, und direkt nach dem Aufwachen dachte ich tatsächlich einen Moment lang, alles ist gut zwischen uns.

Aber natürlich sieht die Wirklichkeit komplett anders aus!

Ich habe mit einem Riesenständer neben ihr gesessen!!!

Kaum dass ich aus dem kalten Wasser raus war, ging es los. Lara im Bikini direkt vor meiner Nase … und alles voller Wassertropfen … Sofort wurde meine Hose enger. Ich hab noch versucht, es aufzuhalten, *denk an was Langweiliges, kalte Fische oder den Heinemann in Mathe*, aber dann hab ich auch noch ihre Nippel gesehen. Da wusste ich, ich habe keine Chance.

Außer abhauen.

7:16 Uhr

Und jetzt? Was soll ich zu Lara sagen, wenn ich sie in der Schule sehe? So tun, als wäre nichts passiert und sie einfach anquatschen?

Aber wie? Ob ich einen auf Niklas machen soll? So voll cooler Typ? »Hey, Baby …«

AAAAAH! Ich kann das nicht! Ich kann nicht mit Lara reden! Schon gar nicht in der Schule, wo Niklas und die anderen die ganze Zeit glotzen.

Ich muss irgendwie dafür sorgen, dass ich ihr nicht mehr begegne.

Dabei will ich eigentlich nichts lieber, als sie wiederzusehen.

Lara

7:24 Uhr

Mama droht, mich von der Polizei abholen zu lassen, oder dass Papa die Tür eintritt, wenn ich nicht endlich aus meinem Zimmer komme. Also husche ich auf direktem Weg ins Bad und schließe wieder ab.

Eins ist klar: In die Schule gehe ich auf gar keinen Fall. Nicht, nachdem alle meine Nippel gesehen haben!

7:28 Uhr

Beim Zähneputzen kann man echt gut nachdenken. Der neue Plan: Ich haue ab. Vielleicht als blinde Passagierin auf ein Schiff nach Kuba oder so. Jedenfalls ganz weit weg, irgendwohin, wo mich keiner kennt. Vor allem keiner, der gestern im Freibad war.

Nichtdrandenken-nichtdrandenken-nichtdrandenken!

7:34 Uhr

Ich habe einen Riesenhunger. Vielleicht doch vorher noch frühstücken? Wär ja blöd, so 'ne lange Reise mit leerem Magen zu starten! Also gehe ich in die Küche und lasse mich auf meinen Stuhl fallen. Mama und Papa klappen gleichzeitig die Münder zu und sehen mich besorgt an. Nur Lina und ihre Barbie mampfen weiter. Ich schmiere mir ein Nutellabrot und fange an zu kauen.

»Guten Morgen, Lara«, sagt Papa betont deutlich.

Ich kaue schneller.

»Alles in Ordnung, Schatz?«, fragt Mama gespielt fröhlich.

Ich grumpfe. Die hat ja keine Ahnung!

»Was ist denn mit dir los?«, fragt Papa.

»Gar nichts ist los«, schnauze ich.

»Schon gut. Kein Grund, deine schlechte Laune an uns auszulassen.«

Noch so ein Spruch und ich explodiere!

»Das ist die Pubertät«, sagt Mama.

»Ist es nicht!«, brülle ich.

»Wie du meinst«, sagt Mama und sieht Papa an. Mit hochgezogenen Augenbrauen.

Ich hasse es, wenn sie das tut!

»Lara hat Pubertä-ät, Lara hat Pubertä-ät«, kreischt Lina, und ihre Barbie hüpft im Takt dazu.

»Ihr seid alle so blöd!«, schreie ich und stürme hinaus.

7:44 Uhr

Weil ich nicht weiß, wo Kuba überhaupt liegt, gehe ich stattdessen wie immer zu unserem Treffpunkt zwei Straßen vor der Schule. Nur um Bea zu fragen, ob sie den Weg zum nächsten Hafen kennt, natürlich. Oder zum nächsten Flughafen.

»Was willst du denn in Kuba?«, fragt Bea. »Übrigens, du hast gestern echt was verpasst. Wir haben uns noch richtig lustig mit den Jungs unterhalten.«

»Mit welchen Jungs?«

»Na, mit Niklas und den anderen. Den Freunden von deinem Finn.«

»Hmpf«, brumme ich. Von wegen *mein* Finn. »Warum habt ihr denn mit denen zusammengesessen? Du hast Niklas doch total angemeckert, als er dich nass gemacht hat!«

»Ja, aber dafür haben die Jungs uns nachher noch ein Eis ausgegeben. Sag mal, warum warst du eigentlich so schnell verschwunden?«, fragt Bea.

»Mir war kalt«, behaupte ich. Die Wahrheit kann ich ja schlecht sagen, das ist einfach zu peinlich.

Zum Glück fragt Bea nicht weiter nach. Sie redet auf dem Weg zur Schule die ganze Zeit nur von den Jungs und wie witzig dieser Niklas ist, und noch irgendwas. Keine Ahnung. Ich habe bloß Angst, dass Finn auftaucht.

Finn
7:50 Uhr

Niklas, Marvin und Jorge stehen vor der Schule, als hätten sie nur auf mich gewartet. Niklas glotzt auf meine Hose und grinst dämlich. »Alles fit im Schritt, Alter?«

Die Jungs wussten gestern natürlich sofort, was los war, als ich nach 16 Bahnen Kraulen mit der Hand vor der Hose zu meinem Handtuch gejoggt kam.

»Sehr witzig«, sage ich und gehe weiter. Stundenlang vor der Schule rumstehen, wo früher oder später Lara vorbeikommen muss? Nein, danke!

»Was ist denn mit dir los?«, fragt Niklas. »Geht der Zeiger schon wieder hoch? Deine Süße ist doch gar nicht hier!«

»Ha, ha.«

Marvin und Jorge schmeißen sich weg vor Lachen.

Lara

8:25 Uhr

Warum verfliegt die Zeit plötzlich so schnell? Sonst vergeht sie in der Schule immer im Schneckentempo. Und jetzt ist die erste Stunde auf einmal schon halb vorbei.

Die Hartinger zeichnet gerade irgendeinen Versuchsaufbau an die Tafel. Sieht leider nicht aus wie ein Apparat, mit dem man sich unsichtbar machen kann.

Was mache ich bloß, wenn ich Finn in der Pause auf dem Schulhof begegne?

9:38 Uhr

Dahinten steht Finn!

Aber er guckt in die andere Richtung. Ich glaube, er hat mich nicht gesehen.

Puh!

Finn

9:38 Uhr

Dahinten steht Lara!

Aber sie guckt in die andere Richtung. Ich glaube, sie hat mich nicht gesehen.

Puh!

Lara
9:39 Uhr

»Ist das dahinten nicht Finn?«, fragt Bea und winkt dabei diesem Niklas zu.

»Nein.«

»Das ist er doch! Willst du nicht mal zu ihm hingehen?«

»Nein!«

Jetzt sieht sie mich die ganze Zeit so komisch von der Seite an.

Finn
9:42 Uhr

Wir sind auf der anderen Seite des Schulhofs. Ich habe behauptet, ich hätte versaute Bilder auf dem Handy, und die kann man natürlich nur in einer dunklen Ecke gucken.

»Boah, voll lahm, die hatten wir alle schon!« Marvin macht einen auf beleidigt.

Scheißegal, Hauptsache, ich bin weg von Lara.

Lara
9:43 Uhr

Dahinten kommen auch noch Samira und Leonie.

Die wollen garantiert alles über meinen Freund wissen. Ich glaube, ich verzieh mich aufs Klo.

9:47 Uhr

Gemütlich ist es auf dem Schulklo nicht gerade, und riechen tut es auch nicht gut. Aber der Vorteil ist: Jungs dürfen nicht rein! Und falls die anderen Mädels kommen, bleibe ich einfach in der Kabine und behaupte, ich hätte Durchfall. Vielleicht kann ich sogar die ganze Stunde hierbleiben?

Obwohl … allen sagen, dass ich Durchfall habe? Am Ende hört Finn das noch von irgendwem!

9:50 Uhr

Es klingelt. Ich glaube, ich geh doch lieber zurück in die Klasse.

9:51 Uhr

Kaum sitze ich wieder auf meinem Stuhl, da sagt Bea plötzlich: »Hast du heute nicht dein Vorspielen?«

Das Vorspielen für die Schulband! Scheiße, scheiße, scheiße!!! Wie konnte ich das nur vergessen?

Ich träume davon, in einer Band zu spielen, seit ich mit dem Gitarrespielen angefangen habe, seit viereinhalb Jahren also. Für das Vorspielen habe ich deshalb schon seit Wochen geübt, und wenn ich heute nicht hingehe, ist alles vorbei!

Das Problem ist nur: Dafür brauche ich meine Gitarre. Und die liegt natürlich zu Hause. Panik!!! Was mache ich nur? Soll ich in der großen Pause heimlich nach Hause gehen? Aber auf unerlaubtes Verlassen des Schulgeländes steht die Höchststrafe, Tod durch Erschießen, mindestens!

11:23 Uhr

Ich lebe noch! Unglaublich! Dabei habe ich mich gerade heimlich aus der Schule geschlichen. Aber mein Herz klopft wie wild, und ich drehe mich immer wieder nach hinten um.

»Hey! Pass doch auf!«

Etwas klatscht neben mir auf den Boden, etwas Dampfendes. Und vor mir steht Daniel, der Sänger der Schulband, mit einem

halb leeren Kaffeebecher in der Hand. Ausgerechnet Daniel!

»’tschuldigung«, murmele ich.

»Sei froh, dass du keinen Kaffee abgekriegt hast!«, sagt er. »Hast du doch nicht?«

Ich schüttele den Kopf.

»Was machst du überhaupt hier draußen?«

»Und du?«, frage ich, um Zeit zu gewinnen.

»Ich bin in der Elften«, sagt er. »Wir dürfen in den Pausen raus. Aber du bist doch erst in der Zehnten, oder?«

Einen Moment lang überlege ich zu lügen, aber nachher wird er eh die Wahrheit erfahren.

»Neunte«, gebe ich zu.

»Und was verschlägt dich auf diese Seite der Mauer?«

»Ich muss dringend nach Hause«, sage ich. »Was holen.«

Hoffentlich fragt er nicht, was! Aber Daniel grinst bloß. »Kannst ruhig zugeben, dass du schwänzt! Ich verpetz dich nicht, keine Sorge. Würde ich selber gerne machen, aber ich habe nachher noch Schulband.«

»Ich schwänze doch gar nicht!«, rufe ich. »Ich muss auch zur Schulband. Also, nachher.«

»Ach ja?«

»Ja! Zum Vorspielen.«

»Und warum bist du dann hier?«

Scheiße. Jetzt muss ich es doch sagen.

»Ich hab meine Gitarre vergessen«, murmele ich. »Zu Hause.«

Daniels Mundwinkel zucken. »Na, das mit dem Vorspielen nimmst du ja echt locker.«

»Nein! Ich habe ewig dafür geübt!«

»Schon klar.«

»Wirklich!«, rufe ich.

»Ich muss.« Er zeigt in Richtung Schule. »Und du beeil dich mal lieber. Und lass dich nicht erwischen!« Er zwinkert mir zu und verschwindet in Richtung Schule.

Jetzt hält er mich bestimmt für die letzte Idiotin.

Finn

15:00 Uhr

Ich habe es geschafft. Ein ganzer Schultag, und Lara hat mich nicht gesehen.

Warum fühle ich mich dann trotzdem so scheiße?

Lara

15:03 Uhr

Ich stehe in der Tür des Probenraums, und Daniel sieht mich erstaunt an.

»Du bist ja tatsächlich gekommen!«

Was hat er denn gedacht? Dass das ein Witz war?

Er zwinkert mir zu, und Mathilda, die Keyboarderin, meint: »Ach, kennt ihr euch?«

»Wir haben uns vorhin getroffen«, murmele ich mit glühenden Wangen. Leon, der Schlagzeuger, pfeift leise und Daniel grinst noch breiter.

Mathilda seufzt. »Okay. Wir suchen ein neues Bandmitglied, weil unser Gitarrist weggezogen ist. Daniel spielt aber auch Gitarre, deswegen sind wir nicht darauf festgelegt. Saxophon wäre genauso cool.«

Sie zeigt auf eine Reihe von Stühlen an der Seite des Raumes.

Auf einem sitzt ein Junge mit einem Saxophon in der Hand und starrt mich an.

»Du bist nach Jorge dran.«

Jorge, der Kumpel von Finn. Na super.

15:09 Uhr

Jorge spielt gerade vor, einen leisen, eindringlichen Song, und er ist verdammt gut. Scheiße, er ist richtig gut!

Kaum ist der letzte Ton verklungen, da fängt Daniel an zu klatschen, und nach einem Moment klatschen alle anderen mit. Ich auch, was bleibt mir übrig? Aber es ist völlig klar, dass ich eigentlich gar nicht mehr zu spielen brauche. Gegen Jorge habe ich keine Chance.

»Lara? Du bist dran!«

Meine Knie sind plötzlich wabbelweich. Mit klopfendem Herzen gehe ich nach vorne zu dem Stuhl. Daniel, Mathilda, Leon am Schlagzeug und Jorge, alle starren mich an.

»Damit willst du vorspielen?«, fragt Daniel und nickt in Richtung meiner Gitarre.

»Ähm … ja?«, stammele ich.

»Okay … dann leg mal los.«

Obwohl meine Hände zittern, fange ich an zu spielen, das Lied, dass ich mit Herrn Freyberg geübt habe. Aber ich höre es selber: Es klingt scheiße. Und vor Schreck verspiele ich mich auch noch zweimal.

»Okay«, sagt Daniel. Sonst sagt niemand was.

Das war's dann also. Traum vorbei, aus und vorbei. Ich will nur noch weg.

15:21 Uhr

Ich bin schon halb aufgestanden, da fragt Mathilda: »Kannst du noch was anderes?«

Ich schüttele den Kopf.

»Aber du hast doch bestimmt schon mal einfach so vor dich hingespielt«, sagt Daniel. »Zu Hause, wenn keiner zuhört.«

»Doch, schon«, sage ich und lasse mich wieder auf den Stuhl plumpsen.

»Na dann zeig uns mal, wie das klingt.«

Ich beuge mich über die Gitarre. Was habe ich beim letzten Mal gespielt? Eine traurige Melodie, in etwa so …

»Was fühlst du?«, fragt Daniel. »Bist du traurig?«

»Psst!«, zischt jemand.

Bin ich traurig? Ich war traurig nach der Sache im Freibad. Aber jetzt werde ich plötzlich scheißwütend. Auf die ganze Ungerechtigkeit, auf Jorge, der grinst, als hätte ich eh keine Chance, auf den Scheiß-Bikini, auf Finn und vor allem auf mich selbst! Ich lasse die Hand in die Saiten krachen, noch mal und noch mal, abgehackte, schräge, laute Töne! Genauso fühlt sich meine Wut an!

Ich lausche den Tönen hinterher, bis um mich herum nur noch Stille ist. Meine Finger fangen an zu klimpern, leise und immer leiser, bis der letzte Ton kaum hörbar verklingt.

15:27 Uhr

Klapp-klapp-klapp. Was ist das für ein Geräusch? Es dauert einen Moment, bis ich kapiere, dass die anderen klatschen. Ich habe völlig vergessen, dass ich nicht alleine bin. Sie klatschen! Für mich!

»Wow!«, sagt Daniel. »Ein verborgener Vulkan.«

»Super!«, sagt Mathilda.

»Bin … bin ich fertig?«, stammele ich.

»Klar, wir melden uns dann bei dir«, sagt Mathilda.

Das ist alles? Wir melden uns?

15:29 Uhr

Jetzt stehe ich draußen vor der Tür und weiß nicht, was ich denken soll.

Samstag, 22. Juni

Finn

18:30 Uhr

Wir sind bei Niklas zum Zocken verabredet, und ich habe kaum die Jacke aufs Bett geschmissen, da labert Jorge mich auch schon von der Seite an.

»Hey Finn, weißt du eigentlich, wer gestern mit Daniel geflirtet hat?«

»Hä? Welcher Daniel?«

»Der schöne Daniel. Der aus der Schulband.«

»Mann, war gestern nicht dein Vorspielen?«, fragt Marvin. »Wie ist es gelaufen, Alter?«

»Na ja.« Jorge versucht cool zu gucken, aber bei ihm klappt das nie. »Ich hab halt keine Titten.«

»Erzähl uns was Neues«, sage ich.

Jorge starrt mich finster an. »Deine Tussi war auch da. Und die hat sich total an Daniel rangemacht! War ja klar, dass ich dann keine Chance hab.«

»Was laberst du da? Welche Tussi?«, frage ich.

Niklas grinst. »Wie viele hast du denn im Moment?«

»Meinst du Lara, oder was?« In mir beginnt es zu brodeln. »Was soll das heißen, sie hat sich an Daniel rangemacht?«

»Brauchst du eine Zeichnung?« Marvin lacht dreckig.

»Das nimmst du zurück!« Meine Fäuste ballen sich von ganz alleine.

»Nur ein Witz, Mann, nur ein Witz!«

»Hey, hey, hey! Kein Zoff wegen Mädels«, ruft Niklas. »Jorge, was war denn da jetzt mit Daniel und Lara?«

Mit Daniel und Lara? Ich verschränke die Arme vor der Brust. Nur zur Sicherheit, damit ich Niklas keine reinhaue. Oder Jorge. Oder allen.

»Die haben sich vorher abgesprochen«, sagt Jorge. »Erst hat sie das Vorspielen total verkackt, und dann hat Daniel gesagt, sie soll improvisieren. Pah! Wenn ich mit dem Sax improvisiere, kriege ich sie alle! Da hat Lara keine Chance! Aber ich durfte ja nicht.«

»Das ist alles?« Meine Fäuste entspannen sich. »Du bist beleidigt, weil sie besser Saxophon spielt als du?«

»Von wegen Saxophon! Sie spielt nur Gitarre.«

Meinetwegen könnte sie auch Triangel spielen. Jorge hat echt einen an der Waffel mit seinem Saxophon!

»Die nehmen sie nur, weil sie Titten hat, ich sag's euch! Und sie hat sich an Daniel rangemacht. Da bin ich mir ganz sicher.«

»Ja, ja. Erzähl mal was Spannendes.« Zum Glück kann ich besser cool gucken als Jorge. Auch, wenn es in mir brodelt. »Außerdem sind wir nicht zum Labern hier, oder, Niklas? Heute zieh ich dich ab!«

»Das kannst du vergessen!« Niklas grinst breit und hält mir das Gamepad hin. Eigentlich habe ich überhaupt keine Lust mehr aufs Zocken, aber Hauptsache: Themenwechsel!

18:37 Uhr

Ob Lara wirklich auf Daniel steht?

Ach Quatsch, Jorge ist nur sauer, weil sie besser Saxophon spielt. Nee, Gitarre. Whatever.

Der schöne Daniel. In den ist doch die halbe Schule verknallt! Dabei dachte ich, sie mag mich. Aber ich habe es verbockt, so sieht es aus. Und dann kommt der schöne Daniel, und … Und was?

Da ist doch gar nichts passiert. Bestimmt ist da nichts passiert!

Cool bleiben, Finn. Cool bleiben.

18:42 Uhr

Ich kenne jetzt 53 Arten, Daniel langsam und qualvoll umzubringen.

Mehr sind mir in fünf Minuten nicht eingefallen.

Aber der Abend ist ja noch lang …

Sonntag, 23. Juni

Lara

10:05 Uhr

Ich liege mit Wärmflasche im Bett. Seit gestern Morgen schon. Ich habe behauptet, es geht mir nicht gut, Bauchweh und so. Mama ist ganz mitfühlend und hat meine Lieblingssuppe gekocht, und Bea konnte ich so auch abwimmeln. Blöderweise wollte sie trotzdem vorbeikommen, mit selbst gebackenem Kuchen, aber ich habe gesagt: »Bloß nicht!«, und so getan, als müsste ich mich übergeben.

Warum bin ich auf die Idee nicht schon am Freitag gekommen?

15:00 Uhr

Papa besteht darauf, dass ich todkrank bei Mensch-ärgere-dich-nicht mitspiele. »Familienzeit« nennt er das, und das geht angeblich auch mit Wärmflasche. Ist das nicht zum Kotzen? Papas Kommentar dazu: »Wenn du kotzen musst, kriegst du beim Spielen eben einen Eimer auf den Schoß.«

Sieht so Elternliebe aus? Man sollte das Jugendamt informieren!

16:06 Uhr

Mensch-ärgere-dich-nicht war doch ganz lustig. Ich habe zweimal alle abgezockt und keine Sekunde an Finn gedacht. Lina flog ständig raus und hat geheult wie am Spieß. Okay, das war dann nicht mehr lustig, sondern eher laut. Und weitergespielt haben wir auch nicht mehr. Dabei hat Lina das Spiel ausgesucht! Und als sie mich einmal rauswerfen konnte, hat sie das auch gemacht. Und dabei gelacht!

16:07 Uhr

Okay, vielleicht hätte ich beim Rauswerfen nicht zu ihr sagen sollen: »Stirb, Unwürdige, stirb!«

17:08 Uhr

Bea schreibt mir gerade. Sie will wissen, ob ich morgen wieder zur Schule komme. Gute Frage!

17:10 Uhr

Ich wanke leidend in die Küche. Mama guckt ganz besorgt, aber Papa meint bloß, entweder ich gehe morgen zur Schule oder zum Arzt.

17:13 Uhr

Krankheiten mit Bauchweh, die einen möglichst lange umhauen … Da sollte im Internet doch was zu finden sein! Ich muss ja wissen, welche Symptome ich simulieren muss.

17:15 Uhr

Blinddarmentzündung wäre nicht schlecht. Aber da schneiden sie mir am Ende noch den Bauch auf!

17:17 Uhr

Gluten? Laktose? Also, Unverträglichkeit, meine ich. Aber damit kann man immer noch zur Schule und darf außerdem keine Pizza mehr essen. Scheißidee.

17:19 Uhr

Krebs ist wohl ein bisschen zu krass …

17:21 Uhr

Ich hab's! Hier steht: »Muss das Gehirn viel Stress verarbeiten, bezieht es in seine Reaktion oft Magen und Darm mit ein. Das kann unter anderem zu Bauchschmerzen führen.«

Ich habe einfach zu viel Stress in der Schule, daher das Bauchweh. Akute Schulallergie!

Da hilft nur, zu Hause zu bleiben.

17:22 Uhr

Papa sagt, von wegen Schulallergie: »Du gehst morgen wieder hin, und damit basta!« Da hilft nicht mal ein leidender Blick in Richtung Mama.

So eine Scheiße!

Montag, 24. Juni

Lara

7:50 Uhr

Bea steht schon an unserem Treffpunkt und strahlt mir entgegen.

»Und, hast du dich am Wochenende mit Finn getroffen?«

»Ging nicht, ich war doch krank«, brumme ich.

»Aber heute nicht mehr, oder?«

»Nein, heute nicht mehr. Danke für die Nachfrage.«

»Dann hast du aber wenigstens mit Finn telefoniert, stimmt's?«

»Ich hab doch seine Nummer gar nicht!«, rufe ich. »Das weißt du doch.«

Bea bleibt stehen und sieht mich besorgt an. »Warum bist du denn so schlecht drauf? Habt ihr euch gestritten?«

»Hmpf«, mache ich.

»Der steht doch total auf dich! «

»Tut er nicht.«

»Klar steht der auf dich«, sagt Bea. »Das hat man doch im Freibad gesehen.«

»Woran hast du das denn gesehen?«

»Na, an seiner Badehose.« Bea grinst. »Da stand alles!«

»Hä? Wie jetzt?«

Bea grinst noch breiter. Meine Wangen beginnen zu glühen.

»Meinst du seinen Pimmel, oder was?«

»Volltreffer«, sagt Bea.

7:52 Uhr

Ob Finn echt einen Ständer hatte? Während er so dicht neben mir saß? Komischer Gedanke.

Und gleichzeitig kribbelt es bei mir da unten ganz wahnsinnig, wenn ich daran denke.

Finn
7:56 Uhr

Ich habe es in die Klasse geschafft, ohne Lara zu begegnen. Ein Glück, dass ich gestern noch neue versaute Bilder auf mein Handy geladen habe. Damit ist wenigstens die erste Pause gesichert.

»Hoffentlich bessere als gestern«, meint Marvin. »Die waren echt lahm.«

»Na ja, so schlecht waren die nicht«, sage ich. Woraufhin Marvin und Niklas mir sofort erklären, was an denen total scheiße war.

Alles besser, als über Daniel und Lara zu reden.

Lara
8:05 Uhr

Ich denke die ganze Zeit über Finns Pimmel nach. Ob er mich wirklich scharf fand?

8:06 Uhr

Ach Quatsch, woher will Bea das wissen! Das hat sie doch garantiert nur gesagt, um sich wichtigzumachen. Oder dieser Niklas hat das gesagt, weil er Bea rumkriegen will.

8:07 Uhr

Obwohl, wie will er denn mit Finns Pimmel Bea rumkriegen?

Scheiße, ich denke ja schon wieder an Finns Pimmel!

Finn

9:42 Uhr

Erste große Pause. Wir stehen gerade in einer dunklen Ecke und gucken uns die neuen Bilder auf meinem Handy an.

»Lehreralarm!«

Ich schiebe das Handy schnell in die Hose, vorne in die Unterhose, um genau zu sein. Dann drehe ich mich um. Vor mir steht die Lautenberger. Mit ausgestreckter Hand.

»Dein Handy, Finn.«

»Mein … was?«

»Dein Handy! Du hast mich gehört.«

Ich strecke ihr die offenen Handflächen entgegen. »Ich habe doch gar kein Handy.«

»Er weiß nicht mal, was das ist«, sagt Niklas.

»Du hast es in deine Hose gesteckt. Alter Trick.«

»Wollen Sie mal nachsehen?«, frage ich mutiger, als ich mich fühle, und die Jungs bekommen einen Lachanfall.

»Spar dir deine Lügen für jemanden, der sie glaubt!«

Sie dreht sich um und wackelt davon.

Das war echt knapp!

Lara

15:12 Uhr

Endlich zu Hause. Den ganzen Vormittag musste ich an Finns Pimmel denken. Obwohl ich das echt nicht wollte! Als Herr Berger mich nach der Hauptstadt von Frankreich gefragt hat, hätte ich beinahe »Pimmel« geantwortet.

15:13 Uhr

Ich frage mich immer noch, ob es stimmt, was Bea erzählt hat. Dass Finn einen Ständer hatte. Wie groß wird ein Pimmel eigentlich, wenn er steht? Ich meine, Finn hatte so eine weite Badeshorts an, durch die sieht man das doch gar nicht.

15:14 Uhr

Oder?

15:16 Uhr

Im Internet steht: Der Penis ist im erigierten Zustand neun bis fünfzehn Zentimeter lang und hat drei bis fünf Zentimeter Durchmesser.

Wo ist nur mein Lineal?

15:19 Uhr

Die Länge … Okay … Neun Zentimeter geht ja noch.

Und die Dicke … WAAS? Das ist ja so dick wie eine Salatgurke! Wie soll denn so was jemals bei mir unten reinpassen?

Also, nicht dass ich das so bald vorhätte! Ganz bestimmt nicht!!!

Aber ich meine, ich habe die kleinste Tampongröße. DIE passt gut da unten rein.

Salatgurke? Never!

15:28 Uhr

Ich hab's ausprobiert: zwei Finger. Mit viel Quetschen drei. Mehr geht nicht.

15:30 Uhr

Drei Finger sind drei Zentimeter. Wenn der Pimmel also nicht so groß ist … Und wenn man dann noch feucht ist … Vielleicht passt es doch?

15:32 Uhr

Die Salatgurken liegen bei uns im Kühlschrank, aber schon bei dem Anblick zieht sich alles in mir zusammen. So ein riesiges, eiskaltes Ding in mich reinschieben? Niemals! Experiment gescheitert, würde ich sagen.

Finn

15:33 Uhr

Mein Schwanz ist eiskalt! Vielleicht hätte ich mir doch kein Kühlpack in die Unterhose stopfen sollen …

Dabei wollte ich eigentlich nur meinen Sack kühlen. Der ist immer noch verdammt rot, dort wo die Ecke des Handys reingedrückt hat. Nach dem Schrecken mit der Lautenberger hatte ich nämlich total vergessen, das Handy aus der Unterhose zu nehmen, und hinterher in der Stunde ging es natürlich auch nicht.

Immerhin tut es nach dem Kühlen nicht mehr weh.

Aber warum ist mein Schwanz plötzlich so klein???

15:39 Uhr

Schwanz mit der Hand aufgewärmt. Wieder zwölf Zentimeter lang, wie immer.

15:40 Uhr

Das muss ich nutzen! Schnell die Zimmertür abschließen!

15:43 Uhr

Jetzt ist er wieder klein.

Also, nicht klein natürlich! Ich hab ja keinen kleinen Schwanz!!! Aber zwölf Zentimeter lang ist er nur, wenn er steht, logisch. Genauso lang wie mein Handy übrigens …

15:45 Uhr

Laras Nummer in meinem Handy. Wie bin ich da jetzt hingekommen? Und warum klopft mein Herz plötzlich schneller als sonst? Eigentlich schuldet sie mir ja noch ein Date. Oder steht sie jetzt doch auf Daniel? Wenn sie in der Schulband ist, dann sehen die sich doch ständig. Spielen zusammen irgendwelche kitschigen Liebeslieder … Scheiße! Das muss ich verhindern!

Ob ich sie einfach anrufe? Oder ihr eine Nachricht schreibe?

Wenn ich jetzt nichts tue, lässt sie sich ab sofort jede Woche von Daniel angraben …

Hi Lara, wir haben noch ein Date offen, schon vergessen? Eis essen bei Antonio? CU later, Finn

Und schnell weg damit.

15:50 Uhr

Mein Herz schlägt jetzt mindestens doppelt so schnell. Was, wenn Lara mir eine Abfuhr erteilt? Oder gar nicht antwortet, weil es ihr einfach zu blöd ist? Oder weil sie mich für einen dämlichen Stalker hält? Cool bleiben, Finn, cool bleiben.

15:55 Uhr

Sie hat die Nachricht noch nicht gelesen. Vielleicht hat ihr Handy keinen Strom mehr und hängt gerade am Ladekabel? Kann doch sein, oder?

Oder sie ist total genervt von mir. Scheiße, ich werde hier noch wahnsinnig! Ich muss mich ablenken. Aber wie?

15:56 Uhr

Aua! Hab mich gerade aus Versehen am Sack gekratzt, keine gute Idee! Ist wohl immer noch gereizt. An der Handy-in-Hose-Technik muss ich echt noch arbeiten. Vielleicht klappt es besser, wenn ich das Handy ganz nach unten in die Unterhose lege …

15:58 Uhr

Ganz nach unten ist gut, sehr gut sogar. Ich habe auch noch die Jeans über die Unterhose gezogen, aber nichts drückt. Wenn das Teil jetzt auch noch die Eier kraulen würde, wäre es perfekt!

16:00 Uhr

Meine Unterhose vibriert! Habe ich nicht gerade vom Eierkraulen geträumt?

16:01 Uhr

Scheiße! Das ist garantiert Lara!!!

16:02 Uhr

Jetzt vibriert nichts mehr. Das Handy aus der Unterhose zu angeln hat viel zu lange gedauert.

Oh Gott, und wenn ich nun bei dem ganzen Gefummel aus Versehen den Anruf entgegengenommen habe?

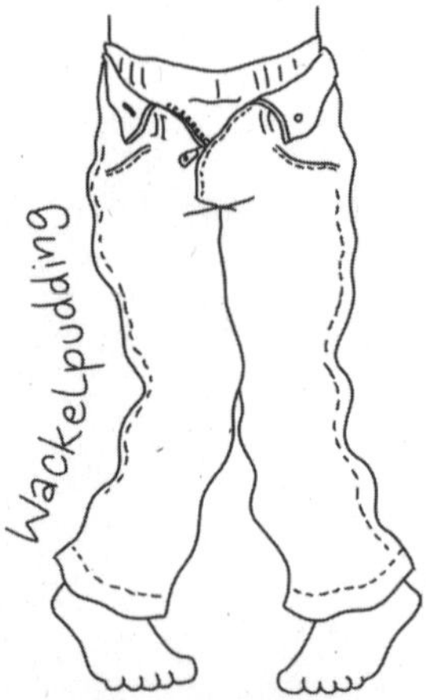

16:03 Uhr

Mit Videofunktion???!

16:04 Uhr

Die Mailbox ist rangegangen. Keine Videofunktion, puh! Meine Beine bestehen plötzlich aus Pudding.

Lara darf niemals erfahren, wo mein Handy gesteckt hat, als sie versucht hat, mich anzurufen.

Nienienieniemals!

16:05 Uhr

Moment mal. Lara hat versucht, mich anzurufen! Wie geil ist das denn?

Lara

16:10 Uhr

Finn ruft zurück! Er will sich mit mir treffen! Ich bin so aufgeregt, dass ich kein Wort rausbekomme. Er aber auch nicht wirklich. Trotzdem schaffen wir es irgendwie, uns für fünf Uhr zu verabreden.

Ich habe ein Date mit Finn!!!

16:19 Uhr

Worüber soll ich nachher bloß mit ihm reden? Wenn wir schon am Telefon so rumstottern … Wir können uns doch nicht die ganze Zeit anschweigen! Und die Sache im Schwimmbad … Soll ich das ansprechen?

Nein! Auf gar keinen Fall!

16:20 Uhr

Scheiße, in einer halben Stunde muss ich los! Und ich habe keinen blassen Schimmer, was ich anziehen soll!

16:28 Uhr

Der gesamte Inhalt meines Kleiderschranks liegt auf dem Fußboden. Vielleicht sollte ich mir noch schnell etwas Neues kaufen? Ich habe noch fast eine Viertelstunde …

Vergiss es, Lara!

Oder lieber Bea anrufen? Bea hat einen super Klamottengeschmack. Aber dann muss ich ihr erst mal alles erzählen, und dafür ist jetzt echt keine Zeit mehr.

Okay. Ich brauche eine Grundsatzentscheidung. T-Shirt? Kleid? Rock? Hose?

Keine Ahnung!

Und schminken muss ich mich auch noch!

PAAAA-NIIIK!

Finn

16:29 Uhr

Rasieren ja, Aftershave nein. So viel steht fest.

16:30 Uhr

Oder doch ein ganz kleines bisschen Aftershave?

Aber was, wenn Ma genau dann nach Hause kommt und mich wieder erschreckt?

Ach was, wird schon gut gehen.

16:32 Uhr

Puh, es hat geklappt! Noch mal schnuppern … Aaaah! Ich rieche guuuut!

Schnell noch ein bisschen Haargel …

16:33 Uhr

Scheiße, jetzt sehe ich aus, als hätte ich den Kopf in den Hintern einer Schnecke getaucht!

Haben Schnecken überhaupt einen Hintern?

16:34 Uhr

Ist doch scheißegal! Ich seh scheiße aus! Das Zeug muss runter! Scheiße!!!

16:37 Uhr

Haare gewaschen. Ich lass das jetzt mit dem Gel. Ich bin ja voll das Wrack im Moment! Na ja, kein Wunder eigentlich: Das mit Lara ist zwar nicht mein erstes Date, aber das erste ohne Niklas. Und bei denen mit Niklas durfte ich immer nur die beste Freundin seiner Tussi ablenken. Einmal habe ich auch mit einer geknutscht, aber das war ziemlich abtörnend, Zungenwettlauf in zehn Runden. In Runde elf bin ich ausgestiegen.

16:38 Uhr

Was, wenn Lara erwartet, dass ich sie nachher küsse? Was mache ich denn dann? Ich kann das doch gar nicht! Ich weiß nur: Zungenwettlauf ist scheiße. Aber wie macht man es so, dass es schön ist? Einfach reinstecken und stillhalten? Nicht im Ernst, oder? Scheiße!!!!

Lieber nicht mehr dran denken.

16:39 Uhr

Zähneputzen. Frischer Atem ist auf jeden Fall ein Vorteil, wenn man ein Mädchen küssen will.

Oh nein, ich denke ja schon wieder daran!

16:41 Uhr

Die Wohnungstür klappert, das heißt, Ma kommt gerade nach Hause. Und ich muss machen, dass ich wegkomme.

Sie geht immer als Erstes in die Küche, keine Ahnung, warum. Vielleicht schaffe ich es an ihr vorbei, bevor sie merkt, dass ich ihren Chipsvorrat geplündert habe.

16:44 Uhr

Ma erwischt mich im Flur.

»Hiergeblieben, Bürschchen.« Bürschchen!

»Was ist?«, schnauze ich, die Hand schon auf dem Türgriff.

»Direktor Clausen hat mich angesprochen. Frau Lautenberger hat sich über dich beschwert.«

»Nicht jetzt, Ma!«

»Wann denn sonst, bitte schön? Ich finde es überhaupt nicht komisch, dass ich mich ständig vor Kollegen für dein Verhalten entschuldigen muss!«

»Musst du doch nicht«, sage ich.

»Ach nein? Ich arbeite mit diesen Leuten zusammen! Und das werde ich auch noch die nächsten zwanzig Jahre tun.«

Mein Beileid! Natürlich sage ich das nicht laut, sonst komme ich hier gar nicht mehr weg.

»Ma, bitte, können wir später darüber sprechen?«

»Nein!«

Wir starren uns an wie zwei Boxer, die sich ihren nächsten Schlag überlegen. Plötzlich schnuppert Ma. Ihre Nase kommt immer näher. Ich zucke zurück, Lippenstiftspuren im Gesicht sind das Letzte, was ich jetzt brauche! Aber sie guckt überhaupt nicht beleidigt. Sie lächelt sogar ein bisschen. Hä?

»Ist das Aftershave?«, fragt sie.

»Ach Quatsch!«, brumme ich. Hätte ihr Schnupfen nicht ein bisschen länger bleiben können?

»Mit wem triffst du dich denn?«

»Kennst du nicht.« Ich öffne die Wohnungstür.

»Na, dann grüß sie mal schön von mir.«

»Bestimmt nicht!«

Ma grinst. »Also ist es eine Sie.«

Scheiße, sie hat mich reingelegt!

»Ich muss los«, nuschele ich und mache, dass ich rauskomme.

Zu Lara.

Zu Lara!

Lara

16:47 Uhr

Geschafft! Ich habe gerade das Haus verlassen. Und unglaublich: Ich trage tatsächlich Klamotten! Ein schwarzes T-Shirt mit tiefem Ausschnitt und eine enge Hose. Nicht das sensationelle Outfit, nach dem ich gesucht habe, aber hoffentlich okay. Den dunklen Lippenstift habe ich nach langem Hin und Her wieder abgewischt, ich will schließlich nicht total angemalt rüberkommen. Stattdessen hab ich rosa getönten Labello genommen wie jeden Tag.

Oder hätte ich den dunkelroten doch drauflassen sollen? Hoffentlich denkt Finn jetzt nicht, ich habe mir keine Mühe gegeben!

16:48 Uhr

Der Außenspiegel vom Auto unseres Nachbarn sagt, Labellorosa ist okay. Schimmert ein bisschen, aber fällt nicht so auf. Ich meine, das ist zwar heute unser erstes Date, aber dunkelrot ist doch eher was für abends.

Oder??? Ist das bei ersten Dates vielleicht anders? Ich meine, was weiß ich schon von ersten Dates! Schließlich ist das hier mein erstes. Also, mein erstes erstes Date.

Also, nicht dass ich keine Erfahrung mit Jungs hätte! Da war ja immerhin der Kuss auf der Klassenfahrt. Nicht ganz freiwillig, okay, und ohne Zunge natürlich. Beim Wahrheit-oder-Pflicht-Spiel. Aber ich finde, der zählt trotzdem. Egal, was Bea sagt!

16:49 Uhr

Wem mache ich eigentlich was vor? Ich habe genau eine Erfahrung mit einem einzigen Jungen. Und der hat sich nach dem Kuss den Mund mit dem Ärmel abgewischt.

16:50 Uhr

Scheiße, schon zehn vor fünf! Und ich stehe hier wie festgewachsen! Wo ist mein Fahrrad? Ich muss los!!!

16:51 Uhr

Schneller strampeln, schneller strampeln. Bloß nicht zu spät kommen! Hoffentlich versagt meine Stimme nicht wieder wie die letzten Male! Am liebsten wäre ich jetzt zu Hause in meinem Zimmer, wo ich mich unter der Bettdecke verkriechen kann.

16:52 Uhr

Nicht wirklich natürlich.

16:53 Uhr

Doch!

16:54 Uhr

Nein …

16:55 Uhr
Doch!!!

16:58 Uhr
Jetzt gibt es kein Zurück mehr. Mein Herz klopft wie verrückt, und das kommt nicht nur vom Strampeln. Da drüben ist die Eisdiele! Und direkt davor steht Finn.

Finn

16:59 Uhr

Da ist Lara! Sie strahlt mich an und schwenkt das Fahrrad auf den Fußweg, wo sie mit quietschenden Reifen eine Vollbremsung macht – ungefähr zehn Zentimeter vor meinen Füßen.

Wir starren beide nach unten auf meine Sneaker.

»Hoppla!«, sagt sie.

»Hoppla?«, sage ich. »Cooles Wort.«

Sie verzieht das Gesicht.

»Wirklich!«, sage ich.

»Ach Quatsch.« Sie geht in die Hocke, um ihr Fahrrad abzuschließen. »Nee, ehrlich«, sage ich zu ihrem Rücken. »Es gibt da so eine Geschichte …«

Was rede ich denn da?!

Lara kommt wieder hoch. »Dazu gibt es eine Geschichte?«

Warum habe ich das nur gesagt? »Ist doch egal.«

Lara sieht mir in die Augen, dass mir schwindelig wird, und fragt: »Erzählst du sie mir?«

»Aber erst ein Eis«, sage ich schnell.

»Klar.«

Glück gehabt!

17:13 Uhr

Jetzt sitzen wir an einem kleinen Tisch in der Ecke. Lara hat ein Spaghettieis bestellt, ich einen Fruchtbecher. Banana-Split mag ich eigentlich noch lieber, aber Marvin meinte mal, das sieht aus wie ein gespaltener Schwanz, seitdem ist das ein No-Go. Erst recht bei einem Date natürlich! Denn, hey – hier sitze ich bei Antonio und habe ein Date! Wie cool ist das denn? Und dann auch noch mit Lara! Die mich mit ihren wunderschönen Augen ansieht und sich dann zu mir vorbeugt, sodass ich tief in ihren Ausschnitt gucken kann … Oh Mann!

»Träumst du? Du wolltest mir doch noch die Geschichte erzählen! Die von dem Hoppla!«

»Ach so, ja …«

Wie komme ich aus der Nummer nur wieder raus?

Lara

17:18 Uhr

Finns Gesicht ist ziemlich rot angelaufen.

»Ähm … kommst du oft hierher?«, stammelt er. Netter Versuch!

»Na, komm schon«, sage ich. »Erst die Geschichte versprechen und dann kneifen, das gilt nicht.«

»Aber nicht lachen, okay?«

»Okay.« Ich muss grinsen.

»Du lachst ja jetzt schon!«

»Tue ich gar nicht. Die Geschichte, bitte!«

»Na gut. Aber es ist echt nichts Besonderes«, sagt er und wird noch ein bisschen röter. »Ich musste nur daran denken, weil du Hoppla gesagt hast.«

»Ja, ja. Und wie geht jetzt die Geschichte?«

»Ach, da ist so ein Bär«, nuschelt er. »Dem passieren so Sachen, und dann sagt der immer Hoppla. So 'ne Kindergeschichte eben.«

Ein Bär, der immer Hoppla sagt? Papa, der mir abends vorliest ...

»Ich glaube, die kenne ich«, sage ich.

»Echt?«

»Ja. Das ist doch die, wo der kleine Bär ein Riesenchaos macht, und die Eltern haben Schiss, weil sie glauben, das ist ein Einbrecher oder so ...«

»Genau!«, ruft Finn. »Ständig stolpert er, oder ihm fällt was runter, und dabei saut er alles voll. Und er sagt immer nur ›Hoppla!‹«

»Und hinterher putzen die Eltern alles weg und lächeln noch selig dabei«, sage ich. »Voll unrealistisch. Meine meckern immer nur.«

»Stimmt. Meine Ma macht schon Terror, wenn ich mal vergesse, den Teller in die Spülmaschine zu stellen.«

»Meine auch.«

Wir lächeln uns an.

Finn

17:26 Uhr

Verrückt, dass Lara die Geschichte auch kennt! Mit einem Mädchen zu reden ist gar nicht so schwer, wie ich dachte.

17:27 Uhr

Laras Augen in meinen. So lange, bis ich es nicht mehr aushalte. Ich schiebe mir einen Löffel Eis in den Mund. Und noch einen.

Laras Löffel zwischen ihren Lippen.

Löffelndes Schweigen.

Meinetwegen könnten wir ewig so weitermachen!

Aber nach ein paar Minuten sagt Lara: »Moment mal! Dann bin ich ja der Bär.«

»Was? Wieso das denn?«

»Na, weil ich Hoppla gesagt habe.« Sie grinst mich herausfordernd an.

Ich schlucke mein Eis herunter. »Natürlich nicht! Du bist doch nicht pummelig und pelzig und niedlich und so …«

Scheiße! Habe ich gerade echt gesagt, dass sie nicht niedlich ist?

»Also, das heißt, niedlich bist du natürlich schon«, stammele ich, »aber natürlich nicht pummelig und pelzig …« Autsch!

»Du findest mich niedlich?«, fragt sie. Ihre Wangen sind ein bisschen röter als sonst.

»Ich rede ganz schön viel Mist, oder?«

»Dass ich niedlich bin, ist also Mist?«

»Nein!«, stöhne ich. »Anderes Thema, bitte!«

»Und welches?«

»Erzähl doch mal was von dir.«

»Von mir? Ähm, tja, also …« Jetzt wird sie richtig rot. »Von mir gibt es nicht viel zu erzählen.«

»Ach, Quatsch!«

»Doch, ehrlich. Was willst du denn überhaupt wissen?«

»Na ja …«

Was ich wissen will? Ob du mich gut findest, ob du schon mal einen Freund hattest, ob du auch ständig ans Küssen denken musst …

Aber das kann ich doch nicht laut sagen! Verdammt.

Aber was dann?

»Erzähl mir doch einfach was über DEIN Lieblingsbuch als Kind«, sage ich grinsend.

Lara

18:04 Uhr

»Pippi Langstrumpf«, murmele ich. »Das ist mein liebstes Kinderbuch.« Hoffentlich lacht Finn jetzt nicht!

Aber er sagt nur: »Pippi ist doch cool. Weißt du vielleicht, warum im dritten Film ganz andere Sachen passieren als im Buch?«

Das habe ich mich auch schon immer gefragt!

18:10 Uhr

Nach Pippi Langstrumpf reden wir über unsere Lieblingsfilme. Und danach über alle möglichen anderen Dinge, die wir mögen oder hassen.

Zum Beispiel Ballerfilme (er findet sie cool, ich hasse sie).

Liebesfilme (er hasst sie, ich mag sie, solange sie nicht zu kitschig sind jedenfalls).

Pizza (lieben wir beide).

Rosenkohl (hassen wir beide).

Am Montagmorgen aufstehen (hassen wir beide).

Wenn es so doll regnet, dass kein Schirm mehr hilft (hassen wir auch).

Oder wenn es *am Montagmorgen* so doll regnet, dass kein Schirm mehr hilft …

18:48 Uhr

Was ich ganz besonders liebe: meine Gitarre.

»Wenn ich wütend bin, spiele ich wütende Musik, und wenn ich traurig bin, traurige. Das ist, als ob sich meine Gefühle in Musik verwandeln. Und hinterher geht es mir irgendwie immer besser.«

Ob Finn das kitschig findet? Aber er nickt bloß.

»Und wenn du glücklich bist?«

»Dann bin ich hinterher noch glücklicher.«

»Cool.«

»Ich hab übrigens bei der Schulband vorgespielt. Drückst du mir die Daumen?«

Finn nickt wieder. Aber dieses Mal guckt er irgendwie komisch dabei.

Warum bloß?

Finn

18:52 Uhr

Die Schulband! Musste sie jetzt damit kommen? Wo sie doch angeblich beim Vorspielen mit Daniel geflirtet hat ... Obwohl, wenn sie ihn gut fände, würde sie doch nicht hier mit mir sitzen, oder?

Am liebsten würde ich fragen, wie sie ihn findet, aber ich kann doch hier nicht einen auf eifersüchtigen Lover machen! Wie abtörnend ist das denn?

»Hallo? Ist jemand zu Hause?«, fragt Lara plötzlich.

»Ähm ... wieso?«

»Ich hab dich gefragt, welche Musik du so hörst.«

»Das kann aber ein bisschen dauern!«

»Kein Problem.«

19:07 Uhr

Von wegen, kein Problem! Plötzlich springt Lara mitten im Satz auf. Mitten in *meinem* Satz.

»Mist, schon nach sieben! Ich muss nach Hause! Mein Vater macht immer Terror, wenn ich zu spät komme. Sorry.«

»Nicht so schlimm«, sage ich.

Aber ehrlich gesagt: Ein bisschen Schiss hab ich schon. Ist ihr

Vater etwa so ein eifersüchtiger Typ, der dem Freund seiner Tochter die Faust unter die Nase hält?

Ach Quatsch! Außerdem hat Lara ja gar keinen Freund. Jedenfalls noch nicht …

»Warum grinst du so?«

»Ach, nichts.«

Jetzt muss ich noch breiter grinsen.

19:18 Uhr

Wir stehen am Fahrradständer.

»Also dann …«, sage ich.

»Bis morgen«, sagt sie.

»Bis morgen?«

»Ja. In der Schule?«

»Ach so«, sage ich. »Ja. Klar.«

»Oder meintest du …«

»Was?«

Wir sehen uns an. Will sie ein neues Date? Hat sie das gemeint? Oder blamiere ich mich, wenn ich sie so schnell danach frage?

»Na ja …« Laras Stimme klingt schon wieder heiser. »Also … wir könnten ja noch mal …«

»Ein Eis essen?«, frage ich. »Oder auch was anderes, wir könnten auch ins Kino oder so … Also, natürlich keinen Horrorfilm, aber vielleicht läuft ja auch was anderes …«

Was rede ich denn da?!

»Vielleicht läuft ja was mit Bären«, sagt Lara und grinst.

»Vielleicht«, sage ich und grinse zurück.

Wir sehen uns in die Augen, und plötzlich ist mir nur noch heiß. Sie hat tolle Lippen, bestimmt kann sie richtig gut küssen. Der Gedanke macht mich total scharf.

Ob sie es auch will?

Langsam beuge ich mein Gesicht zu ihrem hinunter. Will sie es oder will sie es nicht? Sieht sie mich nicht irgendwie fragend an? Oder zweifelnd? Was, wenn ich gerade alles kaputtmache? Was weiß ich schon, was Mädchen wollen? Was Lara will?

Ich stoppe. Zurück geht nicht. Vor traue ich mich nicht. Also küsse ich sie auf die Wange. Ihre Haut – so weich. Sie riecht nach Vanille und nach Mädchen.

Vorsichtig ziehe ich den Kopf wieder zurück.

Sie sieht mich an. Ich glühe am ganzen Körper. Glück und Panik gleichzeitig. War das schön für sie? Oder wenigstens okay?

Lara blickt zur Seite.

Too much? Oder hätte ich sie doch auf den Mund küssen sollen?!

Sie sagt: »Ich muss jetzt wirklich los, sonst kriege ich Ärger.«

»Ja. Ja, klar«, stammele ich.

»Also, ciao. Und danke!« Sie steigt auf ihr Rad und fährt los.

»Gern geschehen«, murmele ich.

Gern geschehen? Gern geschehen?!!

Hoffentlich hat sie das nicht mehr gehört!

Ich bin so ein Idiot!!!

Lara

19:20 Uhr

Finn hat mich geküsst!

Erst hab ich total Panik bekommen, denn so richtig mit Zunge habe ich es ja noch nie gemacht. Aber dann dieser Kuss auf die Wange! Sein Gesicht so nah, er roch so gut und seine weichen Lippen auf meiner Haut … Die Schmetterlinge in meinem Bauch sind komplett ausgerastet!

19:26 Uhr

Da vorne ist unser Haus. Scheiße, ich bin viel zu spät dran! Trotzdem muss ich die ganze Zeit grinsen.

19:28 Uhr

Mama hat heute Spätdienst im Krankenhaus, und Papa ist echt streng, was Pünktlichkeit betrifft. Blöderweise erwischt er mich, bevor ich nach oben schleichen kann. Sonst hätte ich ja behaupten können, ich sei schon seit Stunden zu Hause. Aber so …

»Lara Sophie Möller!« Ich erstarre auf der Treppe.

»Weißt du überhaupt, wie spät es ist?«

»Ja«, sage ich und bemühe mich, das Grinsen abzustellen. »Ich bin ein bisschen zu spät. Sorry.«

»Das ist überhaupt nicht lustig!«

»Ich weiß«, sage ich. »Ich hab doch sorry gesagt.«

»Ja, ja, sorry! Mama hat gesagt, du bist spätestens um sieben zu Hause, aber wer war nicht da? Du! Lina hatte Riesenhunger, und ich habe extra Gurkensalat gemacht …«

Gurkensalat!!!

»Das ist überhaupt nicht lustig!«, brüllt Papa. »Ständig kommst du zu spät!«

»Stimmt ja gar nicht! Wann bin ich denn das letzte Mal …«

»Dienstag.«

»Okay, aber da war ich bei Bea«, sage ich. »Das war wichtig!« Da haben wir Pläne geschmiedet, wie ich Finn wiedersehen kann …

»Bei dir ist immer alles wichtig!«, ruft Papa.

»Jetzt mach doch nicht so ein Drama, weil ich einmal zu spät komme!«

»Zweimal! Heute und Dienstag!«

»Ja, ja!«

Wir starren uns an.

»Wo warst du überhaupt?«, fragt Papa.

»Eis essen.«

»Du isst also lieber Eis als mit uns Abendbrot?«

»Mann, Papa!«

»Warst du mit Bea da?«

»Nein.«

»Und mit wem dann?«

»Das geht dich gar nichts an!«

»Und ob mich das was angeht! Ich bin schließlich dein Vater!« An der Stelle drehe ich mich um und stürme die Treppe hoch.

»Bleib gefälligst hier, wenn ich mit dir rede!«, höre ich Papa noch von unten brüllen, bevor die Zimmertür hinter mir zuknallt.

19:35 Uhr

Laute Gitarrenakkorde, schräg und wild. Scheißegal, ob Papa das hört! Alles muss er kaputtmachen! Es war so ein schöner Tag, und dann kommt er mit seinem Gemecker! Ich dresche auf die Gitarre ein, bis es mir besser geht. Bis sich der Lärm plötzlich irgendwie falsch anhört.

Stopp!

So ein schöner Tag. Was interessiert mich Papas Gemecker?

Wenn ich die Augen schließe, spüre ich Finns Lippen auf meiner Wange.

Ich berühre die Stelle sanft mit den Fingern. Sie schwingt immer noch vor Glück.

Und das sollen auch die Saiten. Leise und sanft schwingen. Vorsichtig beginnen meine Fingern zu zupfen.

Dienstag, 25. Juni

Finn

7:04 Uhr

Ich bin eben mit einem breiten Grinsen aufgewacht. Ich habe von Lara geträumt, und der Traum war verdammt heiß. Zu blöd, dass es nur ein Traum gewesen ist …

7:10 Uhr

Ich stehe gerade am Waschbecken und wasche meine Pyjamahose aus, da fällt es mir plötzlich wieder ein: Ich habe Lara zum Abschied auf die Wange geküsst. Auf die Wange! Und dann habe ich noch irgendwas total Dämliches gesagt. Ich habe mich komplett zum Deppen gemacht!

Warum habe ich Lara nicht richtig geküsst?

Warum bin ich nur so ein verdammter Feigling?

Niklas knutscht ständig mit irgendwelchen Mädels auf dem Schulhof rum, und ich traue mich nicht mal bei einem richtigen Date! Das darf ja wohl nicht wahr sein!

Aber Lara ist eben nicht irgendein Mädel auf dem Schulhof. Lara ist Lara, und ich will, dass es für sie auch schön ist. Niklas ist das egal, aber der ist ja auch nicht verliebt.

Ich erstarre mit der Hand auf der Türklinke.

Bin ich in Lara verliebt?

Und noch viel wichtiger: sie in mich???

7:15 Uhr

Ist man verliebt, wenn man fünf Minuten lang dämlich grinsend mit der Türklinke in der Hand herumsteht?

Lara

7:16 Uhr

Die Töne von gestern klingen immer noch in mir nach. Ich habe geträumt, genau erinnere ich mich nicht, aber es hatte mit Finn zu tun, mit grünen Augen und weichen Lippen, die mich küssen … Alles in mir strahlt vor Glück. Gleich sehe ich ihn wieder!

7:26 Uhr

Strahlen vor Glück? Pah! Wäre ich bloß nicht in die Küche gegangen, um zu frühstücken. Mamas blank gescheuerte Spüle ist das Einzige, was hier strahlt. Papa ist zum Glück schon zur Arbeit gefahren, aber Mamas Gesicht …

»Da bist du ja endlich!«

»Wieso endlich?«

»Ich muss mit dir reden! Ich habe Papa gestern gesagt, dass du um sieben zu Hause bist. Wir müssen uns darauf verlassen können, dass das klappt!«

Ich stöhne. Jetzt fängt Mama auch noch damit an!

»Da brauchst du gar nicht zu stöhnen!« Sie gießt die Milch so schwungvoll in Linas Müslischale, dass sie überschwappt.

»Mama!«, kreischt Lina.

»Auch das noch«, seufzt Mama in meine Richtung und angelt sich einen Lappen aus der Spüle.

»Bin ich jetzt schuld, dass die Milch übergeschwappt ist?« Ich schnappe mir einen Joghurt aus dem Kühlschrank und beginne, ihn im Stehen zu löffeln.

»Setz dich gefälligst hin beim Essen!« Mama rubbelt so heftig auf dem Tisch herum, dass die Gläser klirren.

»Aber gerne!« Ich lasse mich auf einen Stuhl plumpsen. »Ist ja so gute Stimmung hier.«

»Jetzt reicht's!« Mama wedelt mit dem milchigen Lappen vor meiner Nase herum.

»Wenn ich abends arbeite, muss ich mich auf dich verlassen können! Du weißt doch, wie wichtig Papa gemeinsame Mahlzeiten sind.«

»Mein Date war auch wichtig!«, rufe ich.

Mama erstarrt. Und fängt plötzlich an zu grinsen.

»Dein … was?«

Scheiße! Was habe ich da gesagt?

»Dein Date?«, fragt Mama. »Mit einem Jungen? Wie heißt er denn?«

»Ach, Quatsch«, brumme ich mit heißen Wangen.

»Was ist ein Date?«, fragt Lina.

»Lara hat sich mit einem Jungen getroffen, in den sie verliebt ist«, sagt Mama. »Die erste Liebe ist so was Schönes …« Das hat mir gerade noch gefehlt!

»Woher willst du wissen, dass es kein Mädchen ist?«, frage ich, um sie wieder runterzuholen.

Mamas Grinsen friert ein. »Du bist in ein Mädchen verliebt?!«

»Nein! Natürlich nicht!«, rufe ich. »Aber du gehst einfach davon aus, dass …«

»Lara ist verlie-iebt! Lara ist verlie-iebt!«, kreischt Lina.

»Halt die Klappe«, sage ich.

»Mädels, seid mal ein bisschen netter zueinander«, sagt Mama, aber es klingt überhaupt nicht pissig. Stattdessen huscht ein seliges Lächeln in ihr Gesicht. »Ach, Lara, ich weiß noch genau, wie süß du als Baby warst, und jetzt …«

Ich springe auf, pfeffere den leeren Joghurtbecher in den gelben Sack und mache, dass ich wegkomme.

Mama ist so was von peinlich!!!

Finn
7:35 Uhr

Ich sitze mit Ma beim Frühstück.

»Du, wie war eigentlich dein Date?«, fragt sie plötzlich und grinst.

Ich brumme irgendwas.

»Wie bitte?«, fragt sie.

»Ganz okay«, sage ich, und Mas Mundwinkel zucken noch weiter auseinander. Und dann legt sie richtig los, von wegen wie heißt sie, kenne ich sie, woher kennst du sie, geht sie in deine Klasse? Am liebsten würde ich sofort abhauen, aber ich habe Riesenhunger und gerade Müsli in eine Schüssel gekippt.

»Ma!«, sage ich in einem Ton, dass jeder Hund jaulend davonschleichen würde. Aber Ma ist nicht zu stoppen.

»Ach, ist das aufregend«, säuselt sie. »Erste Dates sind etwas ganz Besonderes …«

Keine Storys von früher, keine Storys von früher! Ich löffele in Rekordtempo Müsli in mich hinein. Ma mustert mich auf eine Art, die mir gar nicht gefällt. Ich schaufele noch schneller.

Dann sagt sie auf einmal: »Ich hoffe, ihr benutzt Kondome.«

»Ma!!!«

Scheiß auf das Müsli, ich springe auf und stürme mit glühenden Wangen in den Flur. Sie hinterher.

»Das ist wichtig, hörst du? Ich verstehe ja, dass du nicht gern darüber redest, aber das muss sein!«

»Du spinnst doch!« Ich reiße meine Jacke vom Haken.

»Nicht, dass du mit sechzehn Vater wirst! Das ist einem Jungen aus meiner Klasse vor ein paar Jahren passiert …«

Der Rest der Story bleibt mir erspart, weil ich die Haustür hinter mir zuknalle.

Ich rede doch nicht mit Ma darüber, ob ich mit Lara Sex habe! Das ist doch krank!

Lara

7:45 Uhr

Unterwegs zur Schule. Gleich sehe ich Finn wieder!

7:47 Uhr

Gerade hat mich ein Müllmann angelächelt. Das ist mir noch nie passiert! Muss daran liegen, dass ich selber so strahle. Am liebsten würde ich der ganzen Welt von Finn erzählen!

7:48 Uhr

Mist, drei neue Nachrichten von Bea. Alle von gestern Abend. Ich war so happy mit meinen Finn-Träumen, dass ich die gar nicht gelesen habe. Hoffentlich ist sie nicht sauer!

7:50 Uhr

Bea wartet schon an unserem Treffpunkt.

»Bist du gestern Abend um sechs ins Bett?«, fragt sie.

»Nee, wieso?«

»Weil du meine Nachrichten nicht gelesen hast! Dabei habe ich extra für dich nach neuen Flirttipps gesucht.« Sie fummelt ihr Handy aus der Tasche. »Hier: So überredest du ihn zu einem Date.«

»Zu spät«, sage ich.

»Warum? Stehst du nicht mehr auf Finn?«

Und wie ich auf Finn stehe! Mein Mund verzieht sich ganz von alleine zu einem Grinsen.

»Wir haben uns schon getroffen«, sage ich. »Gestern.«

»Wie toll! Und? Wie war es? Wo wart ihr? Worüber habt ihr geredet? Hat er dich geküsst?«

»Wir waren bei Antonio«, sage ich.

»Spaghettieis?«, fragt Bea.

Ich nicke. »Und er hatte einen Fruchtbecher.«

»Aha!«

»Sag nicht, dazu hast du auch was recherchiert.« Ich muss lachen. »Was sein Eis über seine Absichten verrät.«

»Nein«, sagt Bea. »Aber was viel wichtiger ist: Worüber habt ihr geredet?«

»Über den Hoppla-Bären.«

»Den was?«

»Das ist so ein Bär aus einem Kinderbuch.«

»Ihr habt über einen Bären aus einem Kinderbuch geredet?«

Wenn Bea das so sagt, klingt es ziemlich bescheuert. Ganz anders, als es in echt gewesen ist.

»Natürlich nicht nur«, sage ich schnell.

»Und hat er dich geküsst?«

»Äh …«, stammele ich. Von dem Wangenkuss zu erzählen ist wahrscheinlich keine gute Idee. »Schon irgendwie.«

»Mensch, Lara!«, stöhnt Bea. »Jetzt erzähl schon! Hat er oder hat er nicht?«

Zum Glück sind wir inzwischen vor der Schule angekommen.

»Nicht hier«, zische ich und nicke in Richtung Schultor, vor dem zwei von Finns Freunden rumstehen, Jorge und so ein Dicker.

»Hi, Lara«, sagt Jorge. »Hast du schon was von der Schulband gehört?«

»Nein«, sage ich.

»Ich auch nicht.«

»Jetzt komm schon, Lara!« Bea zieht mich weiter in Richtung Schule.

Finn

7:58 Uhr

Ob Lara schon da ist? Und was soll ich sagen, wenn ich sie …

Falsch, ganz falsch! Ich bin ein cooler Typ, ich hab alles im Griff. Ich bin ein cooler Typ …

Ob Lara im Flur auf mich wartet?

7:59 Uhr

Im ganzen Flur weit und breit keine Spur von Lara. Vielleicht sollte ich es mal bei ihrer Klasse versuchen?

Aber es klingelt in einer Minute. Da kann man eh nicht in Ruhe miteinander reden.

8:02 Uhr

Ich hätte doch in Laras Klasse gehen sollen. Ach was, reinstürmen und sie richtig küssen, sodass sie weiche Knie kriegt! Wie die harten Typen in den Actionfilmen.

Aber jetzt ist es zu spät. Ich kann das ja schlecht machen, wenn der Lehrer schon in der Klasse ist.

8:03 Uhr

Obwohl, geil wäre es …

8:04 Uhr

Stattdessen schon wieder gleichschenklige Dreiecke beim Heinemann. Schnarch.

8:05 Uhr

Ich schmeiß mich weg! Niklas hat das Dreieck in meinem Heft verschönert, und zwar mit Haaren. Kurzen, geringelten Haaren!

Fehlt nur noch ein Paar Möpse darüber …

8:06 Uhr

Nicht schlecht, die Dinger!

8:07 Uhr

Scheiße, der Heinemann!!!

8:08 Uhr

Was war das denn gerade? Ich dachte, der schmeißt mich sofort aus der Klasse, stattdessen hat er nur was von »verkanntem Genie« gemurmelt und mir das Heft zurückgegeben.

Eigentlich schade, dass er mich nicht in den Flur geschickt hat. Vielleicht muss Lara ja heute wieder eine Karte holen …

»Finn, träumst du? Du kannst gerne die nächste Aufgabe an die Tafel zeichnen. Aber bitte ohne Zusatzverschönerung!«

Auf dem Flur zu sitzen wäre definitiv besser.

Lara

8:10 Uhr

Wir sitzen in der Klasse, und Bea sieht mich die ganze Zeit so mitleidig von der Seite an. Und das nur, weil ich ihr kurz vor der Stunde doch noch erzählt habe, dass Finn mich auf die Wange geküsst hat. Beas Blicke nerven echt. Dabei hatte ich ein tolles Date mit einem tollen Jungen!

Dem allertollsten!

Ich starre jetzt einfach in die andere Richtung.

8:15 Uhr

Mist! Man sollte nicht einfach so in die Klasse starren. Eben hat mir Moritz zugezwinkert, dieser Schleimer.

8:22 Uhr

Und an die Tafel starren heißt, man wird drangenommen. Keine gute Idee, wenn man gerade von grünen Augen träumt.

8:30 Uhr

Ich starre jetzt lieber nicht mehr in der Gegend rum. Stattdessen male ich die Kästchen in meinem Heft aus, sodass sie ein Muster ergeben. Zum Beispiel den Namen des tollsten Jungen der Welt.

9:28 Uhr

Gleich klingelt es zur Pause. Gleich sehe ich Finn wieder!

Was soll ich nur zu ihm sagen? Sehe ich gut aus? Und wie soll ich ihn begrüßen – mit Kuss oder ohne? Und wohin?

OH GOTT!!

Die Schmetterlinge in meinem Bauch haben die Partymusik schon wieder auf volle Lautstärke gedreht.

Finn

9:30 Uhr

Die Pausenklingel. Endlich! Schnell die Sachen in den Rucksack schmeißen und Lara …

Ja, was eigentlich? Stürmisch in die Arme nehmen und abknutschen?

War das nicht der Plan?

Waaah! Ich trau mich nicht!!!

Okay, tief durchatmen … Ich bin ein starker Mann, ich bin ein starker Mann …

Mist, das ist ja der Text von Mas Entspannungs-CD!

Also, bis auf das mit dem Mann natürlich.

Lara
9:31 Uhr

»Trefft ihr euch wenigstens in der Pause?«, fragt Bea, kaum dass es geklingelt hat.

»Wieso wenigstens?«

»Was? Ach, das war nicht so gemeint.« Bea schlüpft in ihre Jacke. »Also, trefft ihr euch?«

»Ich denke schon«, sage ich, und die Schmetterlinge in meinem Bauch tanzen noch ein bisschen wilder.

In dem Moment schiebt sich Vanessa von der Seite an mich ran. »Hat das Eis gestern geschmeckt, Lara?«

Meine Wangen beginnen zu glühen. »Woher weißt du das?«

»Ich hab euch gesehen«, sagt Vanessa. »Süß!«

Hoffentlich hat sie nicht auch noch was vom Hoppla-Bären gehört! Oder den Wangenkuss gesehen!

»Wart ihr echt Eis essen?« Leonie und Samira tauchen neben Bea auf.

»Sie hatte Spaghettieis und er einen Fruchtbecher«, sagt Bea.

»Niedlich!«, ätzt Vanessa. »Spaghettieis hab ich auch immer gegessen, als ich klein war. HEUTE würde ich mit einem Jungen ganz andere Sachen machen!« Sie dreht sich um und schwebt aus der Klasse. So eine blöde Kuh! Aber alle starren ihr hinterher.

9:33 Uhr

»Nun aber los!« Bea schiebt mich in Richtung Klassentür.

»Das ist so aufregend!«, quietscht Leonie.

Jetzt dackeln sie mit zwei Metern Abstand hinter mir her.

9:35 Uhr

Da vorne ist Mathilda. Will die etwa zu mir? Ja, sie steuert genau auf mich zu.

»Hi, Lara«, sagt Mathilda. »Du bist jetzt in der Schulband. Herzlichen Glückwunsch!«

Ich bin in der Schulband!!! Ohne nachzudenken falle ich Mathilda um den Hals.

9:36 Uhr

Scheiße, was tue ich denn hier? Ich kenne Mathilda doch überhaupt nicht! Verlegen mache ich mich wieder von ihr los.

Aber sie grinst bloß. »Daniel bespricht noch mal alles genau mit dir, auch wegen des Konzerts und so.«

»Konzert?«

»Ja, das Konzert auf dem Sportfest. Abends gibt es doch die große Party, und da treten wir auf. Aber Daniel erzählt dir das dann heute oder morgen genauer.«

Damit ist sie auch schon wieder weg.

Ich bin in der Schulband! Der Wahnsinn!!!

Nur wenn ich an das Konzert denke, kriege ich ein bisschen Schiss.

Bea stupst mich in die Seite. »Willst du gar nicht mehr zu Finn?«

Na klar will ich!!!

Finn

9:38 Uhr

Ich stehe auf dem Schulhof. Immer noch keine Spur von Lara, aber mein Herz klopft trotzdem wie bescheuert. Hoffentlich kommt sie bald!

Andererseits habe ich so noch Zeit, mir einen Plan zu überlegen. Also, ich hätte Zeit, mir einen Plan zu überlegen, wenn mein Gehirn nicht voller Watte wäre. Und wenn die Jungs nicht neben mir stehen würden.

Niklas grinst dämlich. »Wo ist denn deine Süße? Falls du noch Tipps von 'nem Profi brauchst …«

»Halt's Maul.«

»Hat sie dich eigentlich schon rangelassen?«

»Halt's Maul! Und red nicht so über sie!«

»Also nicht.«

»Halt's Maul!!!«

Lara

9:40 Uhr

Endlich bei Finn! Aber bevor ich auch nur ein Wort zu ihm sagen kann, platzt es aus Jorge heraus: »Ich bin in der Schulband!«

»Du bist auch drin?«, frage ich. »Das ist ja super!«

»Wieso auch?«

»Na, ich auch!«

»Oh. Toll.«

Er scheint sich nicht gerade darüber zu freuen.

»Hi, Lara!«

»Hi, Finn!« Meine Stimme ist schon wieder total heiser, aber Finn strahlt mich trotzdem an.

»War schön gestern«, sage ich. Hinter mir kichert es.

»Fand ich auch«, sagt Finn und räuspert sich. »Ähm … Sehen wir uns wieder?«

»Okay«, sage ich. »Und wann?«

»Heute?«

»Super. Schreibst du mir?«

»Mach ich«, sagt Finn.

»Okay.«

Er strahlt. Ich strahle. Aus den Augenwinkeln sehe ich, wie Niklas mich von der Seite abcheckt.

»Ähm … Ich gehe dann mal wieder«, stottere ich.

»Okay«, sagt Finn.

Ich drehe mich um und gehe weg. Ob Finn mir wohl hinterhersieht? Irgendwie habe ich das Gefühl, jemand starrt mir auf den Hintern.

Finn
9:42 Uhr

»Geiler Hintern«, sagt Niklas.

»Halt's Maul«, sage ich.

»Wieso, war doch ein Kompliment.«

»Von wegen! Du hast Lara eben die ganze Zeit abgecheckt!«

»Ist doch nicht verboten.« Er grinst. »Warum hast du sie eigentlich noch nicht flachgelegt?«

»Das geht dich einen Scheiß an.«

»Also lässt sie dich wirklich nicht ran.«

»Nee klar«, sage ich. »Du legst die Mädels natürlich beim ersten Date flach.«

»Nichts leichter als das«, behauptet er.

Das Schlimme ist: Ich traue es ihm sogar zu.

Lara

9:45 Uhr

Ich bin wieder bei Bea, Leonie und Samira. Beziehungsweise von ihnen umzingelt.

»Und? Wie war es? Was hat er gesagt?«

»Das wisst ihr doch«, brumme ich. »Ich hab euch kichern gehört.«

»Ich hab nicht gekichert«, sagt Samira.

»Darum geht es doch gar nicht!«

Bea, Leonie und Samira sehen mich fragend an.

»Mensch, Lara, sei nicht sauer«, sagt Bea. »Wir sind doch auf deiner Seite.«

»Genau!« Leonie fängt schon wieder an zu kichern, und Bea stößt sie in die Seite.

»Trefft ihr euch heute?«, fragt Samira.

»Er schreibt ihr nachher«, sagt Bea.

»Falls ich mal vergesse, was Finn gesagt hat, frage ich einfach dich, okay?«, sage ich zu Bea, aber die Ironie prallt komplett an ihr ab.

»Kannst du gerne machen. Und bestimmt hat Honey auch noch ein paar Tipps für dich!«

»Super Idee«, murmele ich schwach.

Honeys Tipps sind echt das Letzte, was ich jetzt brauche!

Finn

15:14 Uhr

Nachdem ich die Tür aufgeschlossen habe, rieche ich es sofort. »Currywurst?«

»Mit Pommes«, ruft Ma aus der Küche.

»Cool!« Ich setze mich an den Tisch. »Willst du auch was?«

»Nein, danke, ich hatte schon einen Gemüseburger.«

»Auch lecker«, lüge ich und schiebe mir ein dickes Stück Currywurst rein.

»Lügner«, sagt Ma und grinst. »Wie läuft es in der Schule?«

»Hm-hm.«

»Und mit deiner Freundin? Hast du eigentlich vor, mit ihr zu schlafen?«

Meine Gabel erstarrt in der Luft. Hat sie das gerade wirklich gefragt?! Meine Wangen glühen nicht nur von der scharfen Soße.

»Es ist dir anscheinend peinlich, darüber zu reden«, sagt Ma. Ich schiebe zwei Stücke Currywurst auf einmal in den Mund und kaue wie ein Weltmeister, aber Ma redet einfach weiter. »Das ist wichtig, Finn. Ich unterrichte das sogar, wie du weißt. Sexualkunde.«

Ich kaue noch schneller.

»Na ja, du willst wohl nicht darüber reden. Aber dann lies wenigstens das hier.« Sie hält mir ein pinkfarbenes Heftchen vor die Nase, mit Herzchen drauf und dem Wort *Sex* irgendwo im Titel.

Hastig schaufele ich die letzten Pommes in den Mund.

»Finn, in den letzten vier Jahren sind an unserer Schule zwei Schülerinnen ungewollt schwanger geworden. Glaubst du, das ist lustig?«

»Ich glaube, du hast sie nicht mehr alle!«

Ich stürme aus der Küche und in mein Zimmer. Aber kaum habe ich mich auf das Bett geworfen, da raschelt es hinter mir, und unter der Zimmertür taucht die Broschüre auf.

Jetzt liegt sie da und leuchtet pink.

Ma haben sie echt ins Hirn geschissen, wenn sie glaubt, dass ich die lese!

Lara

15:48 Uhr

Finn hat mir geschrieben, wir treffen uns heute im Stadtpark.

Ich bin so aufgeregt! Was soll ich anziehen? Wie soll ich mich schminken? Was soll ich *sagen*?

15:49 Uhr

»Mama, ich bin heute Nachmittag weg.«

Mama weiß sofort, worum es geht. Beziehungsweise um *wen*.

»Triffst du dich mit deinem Liebsten?«, fragt sie. »Wie heißt er eigentlich?«

»Finn«, murmele ich.

»Finn … Er kommt aber nicht aus Finnland, oder?«

»Mama!«

»Hätte ja sein können … Kommt ihr denn hinterher noch zu uns?«

»Nein!«, rufe ich. »Wieso denn das?«

»Na ja, ich dachte nur …«

»Nein!«, rufe ich noch einmal. Mama auf Finn loszulassen ist die absolute Horrorvorstellung! Oder Papa!!!

»Wir kommen ganz bestimmt nicht hierher«, sage ich.

Aber vielleicht sollte ich trotzdem mal mein Zimmer aufräumen? Nur zur Sicherheit.

Finn

15:50 Uhr

Vielleicht sollte ich mal ein bisschen aufräumen?

Nur zur Sicherheit …

15:54 Uhr

Ich komme mit einem Tablett voller schmutziger Gläser und Teller in die Küche.

»Für mich machst du das nie«, sagt Ma.

»Was?«

»Na, dein Zimmer aufräumen. Bekommst du heute Besuch? Von deiner Freundin?«

»Ma!« Schnell raus hier, bevor sie wieder mit der peinlichen Broschüre anfangen kann!

Als ich die vorhin in meinem Papierkorb entsorgt habe, sind auch noch zwei Kondome rausgefallen. Und ein Zettel: Nachschub findest du in der blauen Porzellandose im Bad.

Ich hab natürlich gleich nachgesehen. Ich dachte bisher immer, Ma hat in der Dose Tampons oder irgendein anderes Frauenzeug, aber das Ding ist tatsächlich randvoll mit Kondomen! Und für den Fall, dass ich zu blöd bin, die einzige blaue Dose im Bad zu finden, klebte vorhin auch noch ein Zettel dran. (Klebte. Vergangenheitsform!) Auf dem Zettel stand: »Kondome«.

Lara wird definitiv niemals mit zu mir kommen! Nicht, solange Ma auch hier wohnt.

15:55 Uhr

Trotzdem sollte ich vielleicht noch die schmutzigen Klamotten vom Fußboden aufsammeln. Nur für alle Fälle.

Lara

16:12 Uhr

Zimmer okay, Klamotten okay, Haare gestylt, Make-up drauf.

Ich sitze auf meinem Bett und zocke auf dem Handy. Zu früh kommen ist scheiße, aber wenn ich mich jetzt noch irgendwie einsaue, ist es noch scheißer. Scheißiger. Wie heißt das denn, wenn etwas noch mehr als scheiße ist?

16:22 Uhr

Scheiße, ich muss los!

16:30 Uhr

Ich stehe am Eingang zum Stadtpark. Hier sind nur Familien unterwegs und alte Omas mit Rollator. Na super.

16:31 Uhr

Dahinten kommt Finn. Schmetterlingsparty!!! Die Flatterviecher drehen die Musik in meinem Bauch auf volle Lautstärke, ein Wunder, dass man die Bässe nicht durch das T-Shirt wummern sieht.

Finn

16:32 Uhr

Dahinten sitzt Lara. Und sie wartet auf mich!!!

»Nicht so stürmisch, junger Mann!«

Wo kommt die Oma denn plötzlich her? Hat die ihren Rollator getunt, oder was?

16:36 Uhr

Es ist scheiße. Und es ist der Wahnsinn!

Scheiße ist, dass wir uns hier zwischen Kindern und alten Leuten durchdrängeln.

Aber der Wahnsinn ist, dass ich ein Date mit Lara habe! Sie

geht neben mir, und manchmal kommen wir uns so nahe, dass ich sie beinahe berühren kann. Bei dem Gedanken klopft mein Herz doppelt so schnell wie sonst.

16:40 Uhr

Plötzlich kommt ein Junge mit seinem Skateboard auf uns zugeschossen. Und Lara guckt gerade zur anderen Seite!

»Achtung!«, rufe ich, und sie springt gerade noch rechtzeitig aus dem Weg. Das heißt: Sie springt direkt in mich rein. Schmerz und zupacken, das läuft bei mir automatisch.

16:41 Uhr

Ich habe Lara im Arm!!!

16:42 Uhr

Wir stehen ganz still. Durch das Shirt kann ich ihre Brüste spüren, weich und fest gleichzeitig. Ich glühe am ganzen Körper, und meine Hose wird immer enger.

Ich will sie nie wieder loslassen.

16:43 Uhr

Jetzt habe ich doch losgelassen. Ihr Gesicht ist knallrot. Meins bestimmt auch, so wie ich glühe.

»Ähem«, sage ich. »Machst du eigentlich auch irgendwas beim Sportfest?«

Als ob das wichtig wäre!

Lara

16:44 Uhr

Es war so schön in Finns Armen! Er roch so gut und fühlte sich so stark an. Jetzt fühle ich mich irgendwie einsam. Aber jedes Mal, wenn wir eine Oma oder eine Mutter mit Kinderwagen überholen, kommt er wieder ganz nah an mich ran. Und jedes Mal geht er hinterher wieder ein Stück von mir weg. Leider.

16:45 Uhr

Mein Gehirn hätte bestimmt tausend Einwände gehabt, wenn es nicht komplett ausgeschaltet gewesen wäre. Aber so …

So habe ich beim letzten Überholen einfach Finns Hand genommen.

Und jetzt halten wir Händchen!!!

Finn guckt immer wieder zu mir rüber und lächelt.

Ich könnte fliegen vor Freude!

16:46 Uhr

»Junge Liebe! Es gibt nichts Schöneres!«

Die Oma auf der Bank sieht mich an, als wolle sie mir in die Wange kneifen. Finn und ich gehen automatisch noch schneller.

Fliegen? Gute Idee, am besten ganz weit weg aus diesem Park!

16:50 Uhr

»Wollen wir woandershin?«, fragt Finn.

»Ja bitte!«, sage ich.

»Und wohin?«

»Ähm … tja …« Wieder zu Antonio? Das kann ich wohl kaum vorschlagen, sonst denkt er, ich will wieder eingeladen werden. Ins Kino? Selbes Problem.

Das Schweigen zwischen uns wird immer größer.

»Wir könnten zu mir gehen«, sagt Finn schließlich. »Also, nur wenn du möchtest, natürlich …«

»Okay«, sage ich.

16:51 Uhr

Wir gehen zu Finn! Nach Hause! In sein Zimmer!

Ich glaube, ich war noch nie in einem Jungszimmer. Also, seit dem Kindergarten jedenfalls.

Finn

17:02 Uhr

Hoffentlich ist Ma nicht zu Hause!

17.03 Uhr

Sie ist zu Hause, war ja klar. Ich höre sie in der Küche pfeifen. Ob ich es mit Lara schnell in mein Zimmer schaffe?

Scheiße, das Pfeifen hat aufgehört.

17:04 Uhr

Da kommt sie. Warum habe ich nur vorgeschlagen, zu mir zu gehen?

Wenn Ma auch nur ein einziges Mal das Wort »Kondom« benutzt, ticke ich aus!

17:15 Uhr

Sie hat es nicht benutzt. Noch nicht jedenfalls. Stattdessen fragt sie Lara aus.

»Du bist also Lara, schön, dich zu treffen, wo wohnst du, wer ist deine Familie, welche Lehrer hast du, und was hältst du von der deutschen Außenpolitik?«

WARUM? Warum kann meine Ma nicht sein wie andere Mütter, die einmal kurz »Hallo« sagen, und das war's?

Aber Lara ist echt ein Engel. Sie beantwortet alle neugierigen Fragen von Ma, und sie ist immer noch total höflich.

Ich bin definitiv kein Engel. Ich platze gleich!

17:23 Uhr

»Ma, jetzt reicht's!«, brülle ich.

»Was hast du denn?«, fragt sie gespielt harmlos.

»Das ist *mein* Besuch! Und wir wollen jetzt in mein Zimmer!«

»In dein Zimmer? Wirklich?« Ma sieht Lara fragend an.

Lara wird ein bisschen rot und nickt.

»Na, dann viel Spaß!« Ma grinst, und Laras Wangen werden noch röter. Wehe, Ma sagt jetzt was über Kondome!

Aber sie hält zum Glück die Klappe.

17:25 Uhr

»Sorry, Ma ist manchmal ziemlich anstrengend«, sage ich auf dem Weg in mein Zimmer.

»Schon okay«, meint Lara. »Ich finde sie eigentlich ganz nett.«

Im Ernst?

Das sage ich natürlich nicht laut.

17:26 Uhr

Wir sind in meinem Zimmer. Und jetzt? Auf das Bett schmeißen? Oder gleich ganz rein? Ha, ha, guter Witz!

Also, nicht dass ich was dagegen hätte …

Aber im Ernst: Wo sollen wir hin? Es gibt genau einen Schreibtischstuhl. Für eine Person. Aber auf mein Bett setzen – direkt auf meine Bettdecke, das kann ich doch auch nicht vorschlagen, oder?

Noch sieht Lara sich im Zimmer um, meine Computerspielposter und so weiter, aber garantiert nicht mehr lange …

Lara

17:28 Uhr

Brüste. Ich sehe nur Brüste, und zwar auf einem Poster über Finns Bett. Darauf ist eine Frau mit einer Knarre in der Hand, hinter der alles Mögliche explodiert. Ihr Shirt ist auch kurz vorm Explodieren.

Ich starre auf das Poster, dann an mir selbst runter, dann wieder auf das Poster. Es fühlt sich so an, als würden meine Brüste mit jeder Sekunde schrumpfen.

Wenn Finn auf so was steht, was will er dann mit mir?

Finn

17:30 Uhr

Da! Die Fleecedecke, mit der ich immer meine Füße zudecke!

Die kann ich doch über die Bettdecke legen.

17:32 Uhr

Wir sitzen auf der Fleecedecke, Lara ganz dicht neben mir. Sie und ich … in meinem Bett … Genau das habe ich mir jeden Abend vorgestellt, vor dem Einschlafen, und dabei habe ich … Nicht dran denken!!!

Mein Kopf glüht ohne Ende. Hoffentlich kann Lara keine Gedanken lesen!

17:33 Uhr

Soll ich Lara küssen? Ich will sie so gerne küssen!

Aber erst mal müssen wir doch reden, oder?

AAAAHHH! Da ist noch eine schmutzige Unterhose hinter der Tür!

Jetzt muss ich ganz schnell über irgendwas reden, damit Lara das nicht sieht! Aber was? Denknach-denknach-denknach …

Lara

17:37 Uhr

Finn redet schon seit einer halben Ewigkeit über Computerspiele, besonders über das von dem Poster über seinem Bett. Eben hat er sogar auf das Poster gezeigt!

Will er mir damit sagen, dass meine Brüste zu klein sind?

17:38 Uhr

Und jetzt muss ich auch noch aufs Klo. So hab ich mir das erste Mal mit Finn echt nicht vorgestellt.

Also, das erste Mal, dass ich in seinem Zimmer bin, natürlich!

17:40 Uhr

Ich muss immer noch aufs Klo. Oder ist das nur die Aufregung? Jedenfalls wird es immer schlimmer. Aber wie soll ich Finn danach fragen? Ich will ja nicht, dass er sich vorstellt, wie ich auf dem Klo hocke und pinkel!

Ich halt's schon noch aus.

17:41 Uhr

Ich halt's nicht mehr aus!!!

Finn

17:42 Uhr

Die Unterhose liegt immer noch hinter der Tür und starrt mich an. Wie kriege ich Lara bloß aus dem Zimmer?

17:43 Uhr

Auf einmal labert sie so wirres Zeug, von wegen Wohnungsaufteilung, da ist ja jede anders, und nur mal so ganz theoretisch, wo denn bei uns das Klo ist?

Muss sie mal aufs Klo? Warum sagt sie das nicht gleich?

17:44 Uhr

Endlich alleine! Wohin jetzt mit der Unterhose? Rausbringen geht nicht, nachher kommt Lara mir im Flur entgegen und denkt, ich hab mich unter der Jeans schon mal ausgezogen … Waaah!

Unter die Bettdecke? Aber wer weiß, was heute noch passiert …

Papierkorb! Das ist es!

Aber ganz nach unten.

17:47 Uhr

Sie kommt!

17:48 Uhr

Scheiße, scheiße, scheiße! In meinem Papierkorb leuchtet es pink!

Die Sexbroschüre ist durch die Unterhosenaktion nach oben gewandert.

Und Lara starrt genau dahin!!!

Lara
17:49 Uhr

Ich hätte nicht gedacht, dass Finn rosa Mädchenromane liest. Ist ihm auch richtig peinlich, jedenfalls lässt er das Teil schnell in der Schreibtischschublade verschwinden.

Irgendwie süß.

17:50 Uhr

Jetzt sitzt er wieder ganz dicht neben mir.

Nur er und ich und die Schmetterlinge in meinem Bauch.

Finn
17:51 Uhr

Jetzt aber!

Scheiß auf Reden!

Lara
17:52 Uhr

»Na, du«, sagt Finn, und seine Stimme klingt ganz weich und rau gleichzeitig.

Er kommt noch näher, die Schmetterlinge in meinem Bauch flattern wie wild, und gerade, als ich denke, ich halte es nicht mehr aus, küsst Finn mich endlich. Seine Lippen sind so weich, mein ganzer Körper kribbelt … Das ist sooo schön! Aber was mach ich nur, wenn er mit Zunge will? Da spüre ich auch schon etwas zwischen meinen Lippen. Seine Zunge ist weich und fest gleichzeitig, und als sie meine berührt, ticken die Schmetterlinge komplett aus. Der Kuss dauert ewig und ist viel zu schnell zu Ende.

Danach sieht Finn mich an, lieb und fragend, und er ist so süß, dass ich ihn gleich noch einmal küssen muss. Und dann er mich. Und dann ich ihn.

Irgendwann zieht er mich richtig nah an sich, meine Brüste drücken gegen seine breite Brust, und durch seine Jeans spüre ich etwas Hartes. Ich bekomme ein bisschen Panik, aber er küsst einfach weiter, und das ist so schön, dass sich mein Gehirn komplett ausschaltet. Finn küsst mich, und ich küsse ihn, bis ich am ganzen Körper glühe. Ich will nie mehr damit aufhören.

18:46 Uhr

Blöderweise muss ich jetzt nach Hause.

Finn

18:51 Uhr

Dahinten geht sie. Eigentlich wollte ich Lara nach Hause bringen, aber sie wollte nicht.

Keine Ahnung, warum. Wegen ihrer Eltern? Wegen mir?

Nee, nicht wegen mir. Als wir rumgeknutscht haben, hat sie sich ganz eng an mich geschmiegt … Das war so geil!

Lara ist der Hammer! Am liebsten hätte ich ihre Brüste berührt, wenigstens durch das Shirt … Aber nachdem ich meine Hand ein Stück in die Richtung bewegt hatte, traute ich mich plötzlich nicht mehr. Ich hatte Angst, alles kaputtzumachen, wenn ich zu schnell zu viel mache. Und Angst, mich blöd anzustellen.

Dabei will ich nichts auf der Welt lieber, als sie zu berühren.

Das war so geil mit Lara heute!

Hoffentlich hat sie morgen wieder Zeit.

Lara

18:59 Uhr

Gleich bin ich zu Hause. Mein ganzer Körper glüht noch vom Knutschen mit Finn. Hoffentlich merkt Papa nichts!

(Zum Glück hat Mama wieder Spätdienst. Der kann man nicht so leicht was vormachen.)

19:07 Uhr

Zum Abendessen gibt es Gurkensalat. Schon wieder!

Komischer Blick von Papa. »Sonst mochtest du den doch immer so gerne!«

Ich zucke mit den Schultern und bemühe mich, nicht zu grinsen. *Sorry, Papa, das kann ich dir nicht erklären. Niemals!*

»War's denn schön bei Bea?« Die Frage musste ja kommen. Ich trinke erst mal einen Schluck Tee.

»Hallo? Jemand zu Hause?«, fragt Papa.

»Lara träumt«, sagt Lina.

Und wie ich träume! Von Finn, von seinen Küssen, seiner Berührung … Was hat Papa noch mal gesagt?

»Oder warst du gar nicht bei Bea?«, hakt Papa nach.

Scheiße.

»Na ja, nicht direkt …«, sage ich zögernd.

»Was soll das heißen? Warst du nun da oder nicht?«

»Vielleicht war sie nur vor Beas Tür«, sagt Lina kichernd. »Lara?« Papa sieht mich fragend an.

Ich seufze. »Ich war nicht bei Bea.«

»Sondern? Jetzt lass dir doch nicht alles aus der Nase ziehen!«

Ich seufze noch mal. »Ich war bei Finn.« Jetzt ist es raus.

»Ist das der Junge, von dem Mama erzählt hat?«, fragt Papa.

Bei dem Wort »Junge« fängt Lina wieder an zu kichern.

»Ja, Papa«, sage ich genervt.

»Warst du etwa ganz alleine bei einem Jungen zu Hause? Warum erfahre ich das erst jetzt?«

Genau deshalb. Weil du einen Riesenaufstand machst. Aber das sage ich natürlich nicht laut, ich zucke bloß mit den Schultern.

»Ist dieser Finn dein Freund?«

Lina kichert noch lauter. Ich zucke noch mal mit den Schultern.

»Mann, Lara!«, ruft Papa. »Du kannst doch nicht einfach zu irgendeinem Jungen nach Hause gehen!«

»Finn ist nicht irgendein Junge!«

»Was glaubst du denn, was der von dir will?«

»Was glaubst *du* denn?!«

Wir starren uns an. Papa sieht als Erster weg. So ein Feigling!

»Und außerdem: Vielleicht will ich das ja auch«, schiebe ich hinterher.

Papa fällt die Kinnlade runter. Sein Gurkensalat ist erst halb gekaut.

Volltreffer.

Ich nutze die Gelegenheit und verziehe mich in mein Zimmer.

19:20 Uhr

Ich bin immer noch stinksauer auf Papa! Aber eine Sache wüsste ich auch zu gerne: Ist Finn jetzt mein Freund?

Direkt gesagt hat er es ja nicht. Obwohl, nach heute … Es war so schön bei ihm!

Ob er es genauso schön fand? So, wie er mich geküsst hat, lange und zärtlich, und sich an mich gedrückt hat mit seiner harten Hose … Welcher Junge kriegt einen Ständer, wenn er das Mädchen nicht geil findet?

Er findet mich geil!

So geil, dass sein Pimmel …

19:22 Uhr

Schnell die Zimmertür abschließen.

21:00 Uhr

Ich habe einen Song geschrieben!

Erst hab ich nur ein bisschen auf der Gitarre herumgeklimpert, wie immer eigentlich. Aber heute wurde aus dem Geklimper plötzlich eine Melodie, und dann fielen mir auch noch Worte dazu ein.

Der Song heißt »Dein Kuss«, und das ist der Refrain: »Dein Kuss, dies Gefühl, ist das Liebe?«

Das musste einfach raus, obwohl ich es garantiert nienieniemals irgendjemandem vorspielen werde. Schon gar nicht Finn!

Vor allem wegen der allerletzten Zeile: »Dein Kuss, dies Gefühl, das ist Liebe! Oh yeah-eah-eah!«

(Und dann kommt ein irres Gitarrensolo.)

21:02 Uhr

Ist es Liebe???

Mittwoch, 26. Juni

Finn

7:12 Uhr

Ich bin gerade aufgewacht, und zwar von einem Pfeifen. Und das Pfeifen kommt eindeutig aus der Küche. Ist beim Rauchmelder die Batterie leer? Nee, dafür ist das Pfeifen nicht rhythmisch genug.

Wahrscheinlich ist es Ma. Dabei braucht die morgens normalerweise zwei Becher Kaffee, bevor sie auch nur die Augen öffnet.

7:15 Uhr

Die Badezimmertür ist abgeschlossen. Aber das Pfeifen kommt immer noch aus der Küche, Ma ist also nicht im Bad.

Hä?

Ich rüttele an der Klinke. Vielleicht ist da irgendwas verklemmt?

Plötzlich sagt eine Stimme von drinnen: »Einen Moment noch.«

Und die Stimme ist eindeutig männlich!

7:17 Uhr

Jetzt habe ich auch noch eine Halluzination! Es muss eine Halluzination sein, denn durch mein Schlüsselloch sehe ich einen Zwilling vom Heinemann. Und der Heinemann-Zwilling kommt im T-Shirt aus unserem Bad!

Es kann nur ein Zwilling sein, denn der Heinemann trägt immer Hemden.

Außerdem: Wie soll der Heinemann in unser Bad kommen?

7:18 Uhr

Wie kommt der Zwilling in unser Bad???

7:20 Uhr

Im Bad stinkt es nach fremdem Rasierwasser. Ich putze mir nur die Zähne, und dann schnell zurück in mein Zimmer.

Anziehen, Schulrucksack packen. Aus der Küche pfeift es inzwischen zweistimmig.

Das Problem ist: Ich habe einen Bärenhunger. Und jetzt?

7:29 Uhr

Was soll's, ich geh da rein!

7:31 Uhr

Ich komme in die Küche. Das Pfeifen hört schlagartig auf.

Ma stammelt irgendwas, von wegen: »Guten Morgen, Finn, schön, dich zu sehen, ähm, Oliver kennst du ja – also, Herrn Heinemann, wir waren gestern Abend noch ein Bier trinken …«

Von wegen Zwilling!!! Es *ist* der Heinemann!

Und er sieht immer noch echt bescheuert aus im T-Shirt.

Aber warum hat Ma eigentlich nur einen Bademantel an? Mit schwarzer Spitze, die aus dem Ausschnitt hervorblitzt?

Schwarze Spitze? Für den Heinemann??!

»Hallo, Finn«, sagt der Heinemann.

Ich starre weiter Ma an. »Du warst Bier trinken? In Unterwäsche?«

»Quatsch«, sagt Ma. »Gestern Abend waren wir Bier trinken, das hab ich doch gesagt.«

Der Heinemann angelt sich sein Hemd, das über der Stuhllehne hängt (MEINER Stuhllehne), und schlüpft hinein.

»Ich muss dann mal …«, sagt er, schlürft seinen restlichen Kaffee (aus MEINEM Becher) und küsst meine Mutter auf den Mund!!!

Nach einer halben Ewigkeit (Wie lange kann man an Schnürsenkeln rumfummeln?!) macht er dann endlich den Abgang.

Ich zeige auf die Tür, durch die er verschwunden ist. »Äh … das … äh … Ma?«

»Er muss zur ersten Stunde. Genau wie du übrigens. Ich muss zur zweiten.«

Genau, Ma! Genau das wollte ich fragen!

7:37 Uhr

Wortlos schmiere ich mir ein Nutellabrot. Ma setzt sich mir gegenüber.

»Jetzt mach mal kein Drama daraus, Finn. Ich bin erwachsen. Und Oliver auch.«

Ich klappe das Nutellabrot zusammen und stehe gleich wieder auf.

»Finn! Lass uns darüber reden.«

Das hätte sie sich eher überlegen sollen!!!

7:39 Uhr

Scheiße! Die Kondome!

Die hat sie gar nicht für mich gekauft, sondern für den Heinemann in seinem Karohemd! Ach nee, das zieht er ja vorher aus.

Bäh, ist das eklig!!!

7:40 Uhr

Hoffentlich schlürft der jetzt nicht jeden Morgen seinen Kaffee in meiner Küche.

Dann muss ich jeden Morgen kotzen.

Oder noch schlimmer: Was, wenn Ma den heiraten will? Und der hier einzieht?!

NIEMALS!!!

7:42 Uhr

Ich gehe noch mal zurück in die Küche, um sie zu fragen. Ganz direkt. Mitten ins Gesicht.

»Willst du den etwa heiraten?«

Und? Bekomme ich eine ehrliche Antwort? (Die Ma auch immer von mir haben will?)

Natürlich nicht. Sie lacht sich schlapp!

»Ich hätte nicht gedacht, dass du so spießig bist, Finn! Wir hatten ein bisschen Spaß, das ist alles.«

So genau wollte ich das gar nicht wissen!!!

7:44 Uhr

Neuer Gedanke: Kann man mit 41 noch schwanger werden? Am Ende haben wir hier so ein Schreibaby mit Karohemd!

Muss nach der Schule gleich mal die Kondome checken. Nicht dass die schon abgelaufen sind oder so!

7:45 Uhr

Scheiße, ich habe noch ein ganz anderes Problem!

Nämlich Mathe. In der dritten Stunde.

Beim Heinemann!!!

Lara

7:50 Uhr

Kaum hat Bea mich an unserem Treffpunkt begrüßt, da will sie sofort alles über gestern wissen.

»Du warst in Finns Zimmer? Echt? Wie sieht es denn da aus?«

Also erzähle ich ihr von dem Computerspielposter mit den Riesen-Brüsten. Aber sie zuckt nur cool mit den Schultern.

»Jungs stehen nun mal auf so was. Die gucken ja auch alle Pornos.«

Was?! Ich meine, klar gucken die ekligen Jungs Pornos. Aber Finn?

»Außerdem ist die Tussi auf dem Poster garantiert operiert«, fügt Bea hinzu.

»Aber Operieren ist doch scheiße!« Die Haut aufschneiden und da so ein Schwabbelkissen reinschieben lassen? Never!

»Klar ist das scheiße«, sagt Bea. »Und du kannst dir ja auch einen Push-up anziehen, wenn du meinst, dass du zu wenig hast.«

»Das meine ich überhaupt nicht!«, rufe ich.

Obwohl ich mich platt wie ein Pfannkuchen fühle, wenn ich an das Poster in Finns Zimmer denke. Aber das werde ich Bea garantiert nicht sagen! Die hat nämlich Körbchengröße C, schon seit sie dreizehn ist. (Damals fand sie es übrigens alles andere als toll, dass ihre Dinger beim Sport immer hüpfen wie zwei Riesenflummis.)

7:56 Uhr

Erst in der Klasse fällt Bea auf, dass sie die wichtigen Sachen noch gar nicht gefragt hat.

»Habt ihr denn endlich richtig geknutscht?«

Ich nicke grinsend.

»Cool! Mit Zunge?«

Leonie und Samira drehen sich zu uns um.

»Klar«, sage ich.

»Und wie war's?«

»Schön ...«

»Echt? Ist das nicht voll komisch, wenn seine Zunge plötzlich in deinem Mund ist?«

»Ist nicht komisch«, sage ich. Meine Wangen glühen.

»Und wie ist es dann? Und was hast du gemacht, als seine Zunge kam? Geleckt oder gedreht?«

»Mann, Bea!« Inzwischen starren auch ein paar Jungs zu uns rüber.

»Wieso Mann Bea? Jetzt sag doch mal!«
»Das… das kann man nicht erklären.«
»Na danke. Du bist ja eine tolle Freundin!«
Jetzt ist sie beleidigt.

8:05 Uhr

Ich ticke sie in die Seite. Sie dreht sich noch weiter weg.

8:10 Uhr

Ich schiebe Bea einen Zettel rüber. *Ich erzähl dir später alles über Finn und das Knutschen. Nicht hier vor allen*, steht darauf.

8:11 Uhr

Sie faltet ihn auseinander. Sie lächelt!

8:12 Uhr

Und malt ein Herz in mein Heft!!!

8:13 Uhr

»Würden die Damen ihre Aufmerksamkeit bitte wieder dem Unterricht schenken!«

»Aber gerne, Herr Heinemann«, flötet Bea und schiebt ihre Brüste ein Stück vor.

Der Heinemann fängt an zu grinsen.

Selbst bei Lehrern funktioniert das! Voll eklig!

8:15 Uhr

Nach dem Grinsen gibt der Heinemann uns Extrahausaufgaben, wegen Zettelschreiben im Unterricht. Es funktioniert also doch nicht.

Dabei könnte auf dem Zettel ja auch was über Mathe draufstehen, oder?

Genau das sage ich auch zum Heinemann.

Darauf er: »Dann zeig doch mal her, den Zettel.«

Warum hab ich das nur gesagt?!!

8:20 Uhr

Bea und ich versichern dem Heinemann, dass wir liebend gerne Extrahausaufgaben machen und er völlig recht hat mit dem Zettel. Aber er guckt immer noch so komisch.

8:23 Uhr

Er schreibt was an die Tafel. Eine neue Aufgabe. Anscheinend will er den Zettel nicht mehr lesen. Puh!

Finn

9:28 Uhr

Ich fühle mich wie ausgekotzt und denke die ganze Zeit nur an eines: Ma und der Heinemann! Das ist so eklig, dass ich es noch nicht mal Niklas und den anderen erzählt habe. Obwohl wir sonst immer über die Lehrer ablästern und darüber, wer mit wem und wie die nackt aussehen und so. Aber wenn einer von denen Sprüche über Ma bringt, haue ich ihm eine rein!

9:31 Uhr

Pause! Und danach Mathe beim Heinemann … Würg!

9:32 Uhr

Wo steckt eigentlich Lara?

Lara

9:34 Uhr

Daniel hat mich gerade auf dem Schulhof abgefangen. Er will mit mir in eine Ecke, »wo man in Ruhe reden kann«.

Jetzt geht er vor mir her in Richtung Schulgarten.

Mann, bin ich aufgeregt!

9:36 Uhr

»Kannst du eigentlich auch E-Gitarre?«, fragt Daniel, kaum dass wir im Schulgarten angekommen sind.

Ich so: »E-Gitarre? Ähm … wieso?«

»Das hab ich befürchtet«, sagt Daniel. »Noch nie eine in der Hand gehabt, was? Immer nur das klassische Zeug gespielt?«

»Ähm … ja?«

»Scheiße. Dabei rockst du echt!«

»Warum kann ich denn nicht mit meiner Gitarre …?«, frage ich heiser.

»Daran kann man doch keinen Verstärker anschließen. Da hört man keinen Ton, wenn die anderen loslegen!«

»Und jetzt?«

Daniel fährt sich durch die Haare, die danach in alle Richtungen abstehen. Verrückterweise sieht das bei ihm total gut aus.

»Kann ich mir nicht einfach eine E-Gitarre von dir leihen?«, frage ich. »Spielen kann ich ja …«

Daniel seufzt. »So einfach ist das leider nicht.«

Dann erklärt er mir, dass ich für die E-Gitarre ganz neue Spieltechniken lernen muss. Das ist die schlechte Nachricht.

Die Gute ist: Daniel will mich trotzdem dabeihaben! Und er will mir das Spielen beibringen!

9:45 Uhr

Wieder bei den Mädels, wollen die natürlich sofort wissen, was Daniel zu mir gesagt hat.

»Bei dir geht's ja ab im Moment!«, sagt Bea und grinst dreckig.

»Bist du etwa auch noch mit Daniel zusammen?«, fragt Leonie und kichert.

»Ach Quatsch, mit Daniel übe ich nur für die Band.«

»Glaub bloß nicht, dass da mehr läuft!« Auf einmal steht Vanessa neben mir. »Daniel ist doch mindestens drei Nummern zu groß für dich!«

»Warst DU denn schon mal bei Daniel zu Hause, Vanessa?«, fragt Bea.

»Ich wüsste nicht, was dich das angeht!«, schnappt Vanessa. »Außerdem: Wenn ich zu einem Jungen nach Hause gehe, dann zu Niklas! Und mit dem rede ich bestimmt nicht über Teddybären!« Vanessa grinst mich fies an. »Stattdessen …«

Und dann zieht sie tatsächlich ein Kondom aus der Tasche!!!

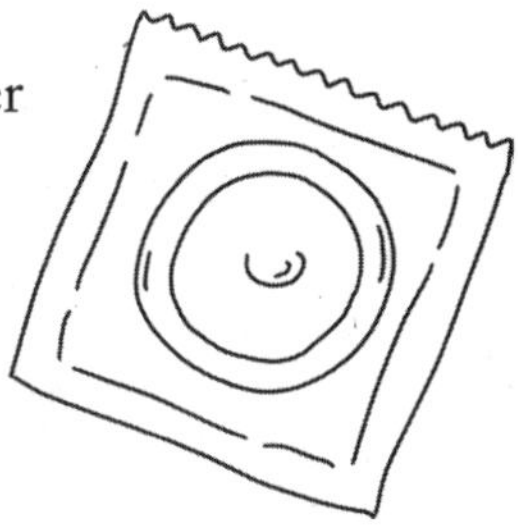

9:48 Uhr

Scheiße! Vanessa hat doch gehört, was wir bei Antonio geredet haben!

Und wozu braucht sie das Kondom???

9:49 Uhr

Bea meint, Vanessa will mit dem Kondom nur angeben. Und dass sie sowieso keine Chance bei Niklas hat.

»Aber wenn sie eine hätte, meinst du, sie würde dann mit ihm …«, frage ich vorsichtig.

»Sie hat keine!«, ruft Bea.

»Okay … Aber meinst du dann, sie würde mit einem anderen Jungen …?«

»Ach Quatsch! Die will nur angeben, das hab ich doch gesagt!« Damit ist das Thema für Bea erledigt.

Aber ganz ehrlich? Ich bin mir da nicht so sicher.

Finn

9:50 Uhr

Ich weiß jetzt, wo Lara in der Pause war. Obwohl – wo ist eigentlich scheißegal, bei wem, das ist der Punkt. Nämlich bei Daniel! Er hat irgendwas gelabert, und sie hat ihn voll angehimmelt. Aber ich hab die Zähne zusammengebissen und bin an denen vorbei. Sie hat mich nicht mal gesehen.

Ich werd hier bestimmt nicht den eifersüchtigen Macker geben!

9:52 Uhr

Im Klassenraum gleich der nächste Horror. Mathe beim Heinemann!

9:58 Uhr

Der Heinemann tut so, als wäre nichts. Er zeichnet bloß Dreiecke an die Tafel, die wir ins Heft kopieren sollen. Wenn Niklas heute wieder Brüste darübermalt, bringe ich ihn um!

Also, Niklas.

Oder den Heinemann?

Am besten beide!!!

10:00 Uhr

Und dann dieses affige Hemd! Das heute Morgen noch über

MEINEM Küchenstuhl hing! Wie kann Ma den nur … Bäh, nichtdrandenken, nichtdrandenken!

10:02 Uhr

Hauptsache, das ist nichts Ernstes. Der Heinemann als Ersatz-Daddy, Horror!!!

Überhaupt, Ersatz-Daddy … Ich bin doch keine fünf mehr! Ich meine, klar, als ich noch klein war, da hab ich mir einen Vater gewünscht. Also, erst, dass meiner zurückkommt, logisch, aber der kam nicht. Und dann, dass sich plötzlich rausstellt, er war gar nicht mein Vater, denn mein echter Vater ist Actionheld oder Computerspieleprogrammierer oder was anderes Cooles.

Ist aber auch nie passiert.

Stattdessen wartet Ma, bis ich fünfzehn bin, und fängt dann was mit einem hemdentragenden Mathelehrer an!

NICHTDRANDENKEN!!!

10:10 Uhr

Wie soll man es schaffen, nicht dran zu denken, wenn der Sack immer weiter Dreiecke malt?!

10:36 Uhr

Endlich! Mathe ist vorbei. Im Rausgehen ruft der Heinemann: »Bis zum nächsten Mal!«, und grinst mich dabei direkt an.

So ein Arsch!

Lara

15:49 Uhr

Unterwegs zu Daniel. Mein Herz klopft wie verrückt. Hoffentlich stelle ich mich gleich nicht so blöd an! Was, wenn das alles doch nicht so einfach ist, wie Daniel meint? Wenn ich es total verpatze?

Ich darf es nicht verpatzen!

Doof ist nur, dass ich Finn heute nicht sehe. Also, ich habe ihn natürlich heute Morgen gesehen, in der zweiten Pause auf dem Schulhof, aber das zählt nicht richtig. Ich war total verkrampft, als wir uns da gegenüberstanden. (Um-den-Hals-fallen oder Ähnliches habe ich mich nicht getraut.) Und er sah auch nicht so richtig locker aus. Kein Wunder, wenn einem der halbe Schulhof zuhört! Also habe ich bloß gesagt, dass ich heute keine Zeit habe, weil ich mit Daniel Gitarre üben muss. Er guckte ein bisschen enttäuscht, klar. Aber wenn nicht, wäre das auch ein schlechtes Zeichen, oder?

Oh Mann, warum kann ich mich nicht in zwei Hälften teilen: Die eine fährt zu Daniel, die andere knutscht mit Finn. Das wär's doch!

Aber ich glaube, Finn hat es verstanden. Er weiß ja, wie wichtig das Gitarrespielen für mich ist.

Finn
15:50 Uhr

Ich kapiere überhaupt nicht, warum Lara heute zu Daniel fährt! Angeblich will sie mit ihm »Gitarre üben«. Dabei ist sie doch bestimmt schon total gut! Ich meine, muss sie ja sein, wenn die sie in die Band aufnehmen. Aber es gibt da wohl irgendwelche Unterschiede, die Daniel ihr beibringen will. Von wegen. Der will ihr wahrscheinlich seinen eigenen kleinen Unterschied zeigen! Und sie fällt auch noch darauf rein!!!

Dabei dachte ich echt, gestern wäre was Besonderes gewesen. ICH hätte jedenfalls jedem anderen sofort abgesagt, um Lara heute zu sehen!

Aber das hab ich vorhin auf dem Schulhof natürlich nicht gesagt. Logisch. Ich hab so getan, als würde es mir nichts ausmachen, obwohl mir schon der Kiefer wehtat vom Zähnezusammenbeißen.

»Aber vielleicht morgen? Hast du da Zeit?«, fragte Lara und sah mir so tief in die Augen, dass mir total heiß wurde.

»Klar«, sagte ich so cool, wie ich konnte. »Kein Thema.«

Wehe, sie guckt Daniel gleich auch so an!!!

Lara

16:05 Uhr

Daniel hat einen eigenen Proberaum, also einen Kellerraum, der mit so was wie Eierkartons tapeziert ist wegen der Schallisolierung. Er stöpselt die Gitarre in den Verstärker und spielt mir ein paar schräge Töne vor, und plötzlich weiß ich, warum das hier isoliert ist. Daniel kann nämlich Wahnsinnseffekte erzeugen, verzerrte Klänge mit so abgefahrenen Namen wie »Overdrive« oder »Distortion«. Das ist was ganz anderes als das leise Zupfen bei Herrn Freyberg!

Nur leider spielt man E-Gitarre auch ganz anders. Zum Beispiel muss man beim Spielen nicht nur die Töne greifen, sondern gleichzeitig auch noch die nicht benutzten Saiten abdecken, damit die nicht mitschwingen. Da kann ich ja gleich meine Finger um den Gitarrenhals knoten! Und das ist erst der Anfang …

17:30 Uhr

Die Probe ist zu Ende. Daniel war echt geduldig mit mir, aber mehr als ein paar leichte Griffe habe ich heute einfach nicht hingekriegt.

»Ich glaube, ich lerne das nie«, seufze ich.

»Ach was«, meint Daniel, »das wird schon. Du musst halt viel üben.«

»Üben? Wie soll ich denn bitte schön üben? Papa geht die Wände hoch, wenn ich zu Hause die E-Gitarre einstöpsele!«

»Kein Problem, dann kommst du eben morgen wieder her«, sagt Daniel.

»Danke. Das ist total nett von dir!«

»Was tut man nicht alles für die Band!« Er grinst. »Nee, im Ernst, du hast Feuer, das hat man beim Vorspielen gehört. Das wird richtig gut, wirst schon sehen!«

»Es macht mir auch echt Spaß!«

Es ist so genial, dass Daniel mir E-Gitarre beibringt. Wenn ich es bloß erst richtig könnte … Ich freue mich schon total auf morgen!

Finn
17:31 Uhr

Ich habe es zu Hause nicht mehr ausgehalten. Ständig hatte ich Bilder im Kopf von Daniel, der Lara einen Gitarrengriff zeigt und sich dabei von hinten gegen sie presst … Daniel, der sich über sie beugt und ihr tief in den Ausschnitt glotzt … Ich war kurz davor, mein Zimmer zu zertrümmern. Also bin ich raus, laufen. Ich muss eh mal trainieren, ich hab nämlich heute erfahren, dass ich in die Staffelauswahl für das Sportfest in drei Wochen gekommen bin! Allerdings nur ganz knapp. Anders als Daniel, der ist einer der Superläufer …

Der Gedanke hilft nicht gerade beim Runterkommen!

Warum muss Lara zum Proben auch unbedingt zu ihm nach Hause? Das kapiere ich immer noch nicht! Außerdem wohnt der Typ nur ein paar Straßen von mir entfernt, da könnte sie doch wenigstens hinterher bei mir vorbeikommen!

Das heißt, falls sie das überhaupt noch will, nachdem sie bei Daniel war …

17:35 Uhr

Gegenüber von Daniels Haus ist ein Mini-Park mit einer Holzbank. Ich tue so, als würde ich daran meinen Unterschenkel dehnen. Dehnen ist wichtig beim Laufen.

Laras Rad lehnt drüben am Zaun, das heißt, sie ist noch da.

Lara

17:41 Uhr

Ich schließe gerade mein Fahrrad auf, als plötzlich ein Schatten neben mir auftaucht.

»Hi, Lara.«

»Finn!«, rufe ich. »Was machst du denn hier?«

»Lauftraining. Und du?«

»Gitarrespielen bei Daniel. Hab ich dir doch erzählt.«

»Und? Wie war das Gitarrespielen?«

Warum klingt seine Stimme so ironisch?

»Gut«, sage ich vorsichtig.

»Na, dann ist ja gut.«

Ist er etwa eifersüchtig? Dabei sind WIR doch zusammen. Oder? Darüber gesprochen haben wir ja noch nicht …

»Ähm, Finn … Sind wir jetzt eigentlich zusammen?«, frage ich.

»Willst du das denn?«

Ich nicke. »Und du?« Einen Moment lang habe ich Angst, er sagt Nein.

Aber dann ruft er: »Klar!«, und die Schmetterlinge in meinem Bauch ticken total aus. Bis Finn einen Schritt auf mich zukommt, jedenfalls so, dass er ganz dicht vor mir steht. Da halten sie mit mir zusammen den Atem an.

Finn sieht mir tief in die Augen, beugt sich zu mir runter und küsst mich lange und zärtlich. Danach ist mir ein bisschen schwindelig.

»Musst du eigentlich noch weiterlaufen?«, frage ich.

»Egal«, sagt er und blickt noch einmal an Daniels Haus hoch. »Soll ich dich nach Hause bringen?«

Na klar soll er!!!

Finn
17:42 Uhr

Daniel hat es gesehen! Er stand am Fenster und hat gesehen, wie ich Lara vor seinem Haus geküsst habe! Denn Lara ist MEINE Freundin. Die küsse ich, und zwar nur ich! Merk dir das, du Loser!

Lara
18:02 Uhr

Mama hat es gesehen! Sie stand am Fenster und hat gesehen, wie Finn mich zum Abschied vor unserer Haustür geküsst hat! Kein Thema, könnte man denken, sie weiß ja, dass ich einen Freund habe. Oder vielleicht: »Wie schön, ich freu mich für dich«?

Stattdessen erwartet sie mich direkt hinter der Haustür und sagt: »Ich mache dir einen Termin beim Frauenarzt.«

Kriegt sie jetzt etwa Altersdemenz?

»Bei dem war ich doch schon, als ich meine Tage gekriegt habe«, sage ich und hänge meine Jacke an den Haken. Aber von wegen Altersdemenz!

»Weiß ich, aber jetzt muss er dir die Pille verschreiben«, sagt Mama. Ich starre sie an. »Aber …«

Mama setzt ihren energischen Blick auf. »Kein Widerspruch. Du gehst zu Dr. Weiss, und damit basta.«

»Du spinnst doch!« Ich versuche mich an ihr vorbeizuschieben, doch Mama packt mich am Ärmel.

»Hiergeblieben, Fräulein! Ich hab genau gesehen, wie ihr euch eben geküsst habt!«

»Davon wird man doch nicht schwanger!«

»Davon nicht … Aber was macht ihr denn, wenn ihr alleine in seinem Zimmer seid?«

»Das erzähle ich dir doch nicht!« Meine Wangen glühen.

Mamas Wangen auch. »Wer muss sich denn um das Kind kümmern, wenn du schwanger wirst? Ich habe gerade erst meine Stunden bei der Arbeit aufgestockt, und …«

»Mama! Wir haben uns nur geküsst!«

Wir starren uns an.

Dann seufzt Mama plötzlich und nimmt mich in die Arme. Ich mache mich ganz steif. Was ist das denn jetzt für ein Trick?

»Meine Kleine«, murmelt sie in meine Haare. (Dabei weiß sie genau, dass ich das hasse!) »Ich mache mir doch nur Sorgen. Bist du ganz sicher, dass du noch nicht mit ihm … also, dass du die Pille noch nicht brauchst?«

Ich nicke heftig.

»Aber sag rechtzeitig Bescheid, wenn es so weit ist, okay?«

»Okay«, murmele ich. »Aber jetzt noch nicht. Ehrlich.«

»Okay«, sagt Mama und drückt mich noch ein bisschen fester. Und plötzlich fühlt sich das sogar ganz gut an.

Aber die Sache mit dem Frauenarzt ist echt das Letzte!

18:10 Uhr

Wieder in meinem Zimmer. Ich komm gar nicht drüber weg. Wieso denkt Mama, dass ich mit Finn schlafen will?

Will ich doch noch gar nicht!!!

18:11 Uhr

Und vor allem will ich nicht mit ihr darüber reden!

18:15 Uhr

Erst Vanessa mit ihrem Kondom und jetzt Mama … Und was ist mit Finn? Ob er mit mir schlafen will? Vielleicht erwartet er das ja sogar von mir? Wenn ich an seine harte Hose denke … Er war ja sozusagen schon einsatzbereit. Hilfe!!!

Ich bin überhaupt noch nicht einsatzbereit!

Ich meine, klar, das Knutschen war voll schön. Und ich geb's zu, ich hab schon darüber nachgedacht, ihm das nächste Mal vielleicht das Shirt hochzuschieben … Aber danach? Keine Ahnung! Totalausfall im Gehirn!

Ich weiß nur ziemlich sicher, dass ich »es« noch nicht machen will.

Woher weiß man überhaupt, wie weit man gehen will?

Und was mach ich nur, wenn er es will und ich noch nicht?!

Andererseits: Dann kann ich ja immer noch Nein sagen.

Oder ist er dann sauer?

Ach Quatsch, wenn er deswegen sauer ist, dann liebt er mich auch nicht richtig.

18:22 Uhr

Er liebt mich doch, oder?

18:25 Uhr
Klar liebt er mich. Wenn ich an seinen Kuss vorhin denke … Und dass er plötzlich bei Daniel vor der Tür stand, war doch auch kein Zufall!

18:30 Uhr
Aber was, wenn wir in Finns Zimmer sind und er mich wieder so küsst, und dann will ich es plötzlich doch? Ich kann ja schlecht sagen, warte mal kurz, ich rufe nur schnell Mama an und gehe zum Frauenarzt und besorge die Pille, bin in fünf Minuten wieder da!

Aber vielleicht hat Finn ja auch ein Kondom.

18:31 Uhr
Was denke ich denn da, ich will doch noch gar nicht mit ihm schlafen!!!

Auch, wenn wir jetzt zusammen sind.

18:32 Uhr
Ich bin mit Finn zusammen!!!

Schmetterlingsparty!

18:38 Uhr
Das muss ich unbedingt Bea erzählen.

18:43 Uhr
Aber Bea anzurufen ist gar nicht so einfach. Erst geht sie dreimal hintereinander nicht ran, und beim vierten Mal ist total viel Lärm im Hintergrund, Musik, Stimmen und so was.

»Wir machen gerade Party!«, kreischt sie ins Telefon. »Unser

Schwimmverein hat die Stadtauswahl gewonnen!« Im Hintergrund lauter Jubel. »Was gibt's denn?«

»Erzähl ich dir morgen! Nicht so wichtig«, brülle ich und lege auf. Von wegen nicht so wichtig! Ich bin mit Finn zusammen!!! Das ist ja wohl das Allerwichtigste auf der Welt!

Donnerstag, 27. Juni

Finn

7:23 Uhr

Ich bin mit Lara zusammen! Das heißt knutschen auf dem Schulhof, den ganzen Nachmittag in meinem Zimmer fummeln …

Das Leben ist echt geil im Moment!

9:38 Uhr

Leider doch kein Knutschen auf dem Schulhof. Sie wird von ihren Freundinnen belagert, und ich habe die Jungs an der Backe. Mehr als ein bisschen reden ist da nicht drin, wenn wir nicht für alle die Show machen wollen.

Macht nichts, wir sehen uns bestimmt später noch.

17:20 Uhr

Lara ist heute Nachmittag schon wieder bei Daniel, weil er ja sooo toll Gitarre spielt. Ich darf sie zwar gleich abholen, aber dann muss sie direkt nach Hause, weil ihre Eltern sonst Stress machen, von wegen unter der Woche und so. Und beim Lauftraining für das Sportfest hat Daniel mich vorhin auch um Meilen geschlagen.

Das Leben ist echt scheiße im Moment!

22:03 Uhr

Ma nervt! Sie hält mir gerade einen Vortrag, dass ich angeblich zu viel zocke.

»Den ganzen Tag, das ist doch nicht gesund, blablabla ...«

»Wenn dich das stört, geh doch zu deinem Heinemännchen«, sage ich. Ohne hochzugucken, natürlich, ich bin gerade an einer voll wichtigen Stelle.

»Das geht dich gar nichts an, was ich mit Herrn Heinemann mache!«, brüllt Ma.

Ja, ja, bla, bla.

Und dann stellt sie tatsächlich die alberne Kindersperre am Rechner an!

22:04 Uhr

Ich starre auf den schwarzen Bildschirm und sehe den Heinemann vor mir, wie er sein Hemd auszieht ...

22:05 Uhr

»Finn, lass die Tür heil! Die hat dir nichts getan!«

Wie soll ich mich denn sonst bitte abreagieren?!

22:07 Uhr

Wieder am Schreibtisch. Gegen die Tür treten bringt ja doch nichts. Wenn ich weiterspielen will, muss ich das Betriebssystem neu installieren, um die Kindersperre auszuschalten. Total überflüssiger Nervkram. Danke für nichts, Ma!

Freitag, 28. Juni

Lara
7:58 Uhr

Bea redet nur noch von dieser Party im Schwimmverein, die sooo toll war, und dass da irgendwas mit einem geheimnisvollen Jungen passiert ist … Und dann guckt sie mich immer so vielsagend an, und Samira kichert bescheuert.

Warum erzählt sie nicht einfach, was los war?

9:38 Uhr

Große Pause. Ich knutsche mit Finn auf dem Schulhof, und zwar so heftig, dass Bea beinahe die Augen rausfallen. Samira auch, und Leonie erstickt fast an ihrem eigenen Kichern. Ich kneife die Augen ganz fest zu, um mich auf den Kuss zu konzentrieren, aber Leonies Japsen höre ich trotzdem noch.

Und dann fängt auch noch eine Horde Fünftklässler an, direkt neben uns Schmatzgeräusche zu machen! Damit ist die Romantik natürlich komplett im Arsch. Meine Lippen erstarren mitten im Kuss. Finns auch.

Ich öffne die Augen. »Lass uns abhauen. Bitte!«

»Gute Idee«, sagt er. »In den Schulgarten vielleicht?«

Aber das nützt nichts, die Fünftklässler kommen hinter uns her. Finn geht zwar sofort mit einem lauten Brüllen auf sie los, aber eine Minute später schleichen sie sich schon wieder an.

Liebe ist echt nicht einfach!

Finn
9:51 Uhr

Ich hab mitten auf dem Schulhof mit Lara geknutscht! War mir heute total egal, ob ihre Freundinnen und die Jungs glotzen. Sie hat erzählt, dass sie heute Nachmittag wieder bei Daniel ist, und im selben Moment kam der Typ dämlich grinsend an uns vorbeigelatscht. Da setzte mein Gehirn aus, ich dachte nur, dem zeig ich's! Und dann dachte ich gar nichts mehr, denn Lara küsst echt göttlich.

Auf jeden Fall weiß Daniel jetzt Bescheid. Und für die Jungs bin ich der Held! Nur dass der Heinemann mir hinter Laras Rücken Daumen hoch gezeigt hat, war scheiße. Und die nervigen Fünftklässler.

Und dass Lara nachher zu Daniel geht, natürlich. Das ist echt zum Kotzen!

Lara
17:43 Uhr

Gerade zurück von der Probe mit Daniel, heute war ich das letzte Mal bei ihm zu Hause. Das Spielen klappt schon richtig gut! Und Montag ist die erste Probe mit der ganzen Band. Ich bin total aufgeregt, wenn ich nur daran denke!

17:51 Uhr

Als Nächstes auf dem Plan: Übernachtung bei Bea. Dabei würde ich mich viel lieber mit Finn treffen! Wäre bestimmt kein Problem, ist ja schließlich Wochenende … Aber blöderweise ist das mit dem Übernachten schon lange geplant, und als ich Bea heute Morgen gefragt habe, ob wir das nicht verschieben können, wurde sie echt sauer.

»Seit du einen Freund hast, hast du überhaupt keine Zeit mehr für mich!«, behauptete sie. Was voll unfair ist und überhaupt nicht stimmt!

Also, es stimmt natürlich, dass wir uns seltener treffen. Aber das liegt doch nicht an Finn! Den sehe ich ja genauso wenig! Und dabei vermisse ich ihn sooo sehr!!!

19:13 Uhr

Ich bin bei Bea, und es ist noch schlimmer, als ich dachte. Leonie und Samira sind auch hier, und Bea und Samira reden die ganze Zeit nur von »ihm«, dem Jungen aus dem Schwimmverein. Der total süß ist, findet Bea jedenfalls, und Samira findet sowieso alles, was Bea findet.

Dabei habe ich ja wohl eine viel spannendere Neuigkeit! Ich warte, bis Bea mal einen Moment die Klappe hält, dann sage ich: »Ich bin jetzt übrigens richtig mit Finn zusammen!«

»Wart ihr das denn noch nicht?«, fragt Samira.

»Dachte ich auch, so wie ihr geknutscht habt«, meint Leonie.

»Ähm … nein …«, stammele ich. Warum können die sich nicht einfach für mich freuen?

»Ich hab übrigens auch geknutscht«, erzählt Bea, und Leonie sofort: »Echt? Mit Zunge?«

»Klar!«, sagt Bea.

Laaangweilig!

»Verrat uns mal lieber, wer es ist«, sage ich. »Ich hab ja auch nicht so ein Geheimnis daraus gemacht.«

»Ist doch Beas Sache, wenn sie es nicht erzählen will«, meint Samira.

»Genau!«, sagt Bea.

Am liebsten würde ich mir meine Sachen schnappen und abhauen. Aber ich hab keine Lust auf Papas blöde Sprüche, wenn ich so früh nach Hause komme.

Außerdem wollen wir uns ja noch einen Film ansehen.

23:46 Uhr

Der Film war ganz okay, dabei hat Bea wenigstens nicht so viel geredet. Und jetzt liege ich auf meiner Luftmatratze, höre die anderen leise schnarchen und sehne mich nach Finn.

Samstag, 29. Juni

Finn

18:45 Uhr

Frust! Frust! Frust! Ich fresse schon die dritte Chipstüte, während ich am Computer Monster abballere. Ich hab mal von so einem Spiel gehört, da kann man den Gegnern die Gesichter von echten Leuten draufpappen. Ich wüsste genau, wen ich nehmen würde. Fängt mit D an und hört mit aniel auf.

18:47 Uhr

Obwohl, heute ist Lara ja gar nicht bei Daniel. Sie hat gestern bei irgendeiner Freundin übernachtet und muss deshalb heute Abend zu Hause bleiben. Was für ein Schwachsinn! Aber ihr Dad macht die Regeln, sagt sie.

Eigentlich organisiert Niklas am Wochenende immer irgendwas

für uns. Entweder 'ne Party oder Zocken. Aber ausgerechnet heute ist der mit seiner Family nach Köln gefahren.

Und ich? Ich darf hier zu Hause verschimmeln!

18:49 Uhr

Ach was, ich hab doch noch mehr Kumpels. Einer von denen wird ja wohl Zeit haben.

18:53 Uhr

Nach sechsmal Klingeln geht Jorge endlich ans Telefon.

»Was ist los, Alter? Ist was passiert?«, fragt er.

»Nee, nix los. Hab bloß keinen Bock, alleine abzuhängen«, sage ich. »Was machst du heute Abend?«

»Family. Meine Cousine ist da.«

»Okay, dann ruf ich Marvin an.«

»Ähm … Marvin ist auch hier.«

»Wieso das denn?«, rufe ich. »Willst du ihn mit deiner Cousine verkuppeln, oder was?«

»Sehr witzig«, sagt Jorge. »Nee, wir haben was vor.«

»Was denn? Kann ich mitkommen?« Scheiße, klinge ich verzweifelt.

»Nee.«

»Wieso nicht? Was macht ihr denn?«

»Hauskonzert«, nuschelt er.

»Was soll das sein?«

»Nix für dich.«

»Jetzt sag doch mal!«

»Na ja, Musik machen halt«, murmelt Jorge. »Ich am Saxophon und die anderen … Klavier, Gitarre und so.«

»Und Marvin ist das Publikum, oder was?«

»Nee, der spielt Klavier.«
»Echt? Willst du mich verarschen?«
»Jetzt weißt du, warum er es dir nicht erzählt hat. Sonst noch was?«
»Ähm …« Irgendwie will ich noch nicht auflegen, keine Ahnung, warum. »Na ja … Was spielt ihr denn heute Abend?«
Jorge seufzt. »Das willst du nicht wirklich wissen.«
»Doch! Klar!«, behaupte ich.
Jemand an Jorges Ende der Leitung ruft nach ihm.
»Ich muss …«, sagt er.
»Okay. Ich auch. Ich bin nämlich gerade am Zocken, in dem neuen Level, weißt du, da wo …«
»Sorry, hab jetzt keine Zeit. Wir sehen uns Montag.«
»Ja. Montag.«
»Finn?«
»Ja?«
»Alles in Ordnung bei dir?«
»Klar! Alles super!«

18:58 Uhr

Das war natürlich gelogen.

18:59 Uhr

Also, alles. Auch das mit der Musik und so. Interessiert mich einen Dreck, was die da machen. Ich wusste bloß nicht, was ich mit ihm reden sollte.

19:00 Uhr

Warum will ich überhaupt am Telefon reden? Ich bin doch kein Mädchen!!!

Und wieso machen plötzlich alle einen auf Family? Soll ich mich jetzt etwa auch mit Ma vor den Fernseher hocken, oder was?!

NEVER!

19:24 Uhr

Die Tür geht auf, und Ma kommt ins Zimmer.

»Ich bin heute Abend weg, Finn. Es wird wahrscheinlich spät.«

»Wieder der Heinemann, oder was?«

»Wäre das so schlimm?«

Ich grunze nur.

»Was ist eigentlich mit deiner Freundin Lara? Die fand ich ja sehr nett. Trefft ihr euch heute gar nicht?«

»Bist du bald weg?«, schnauze ich.

»Aber spiel nicht wieder so lange am Computer, okay? Wieso ist die Kindersperre eigentlich nicht mehr drin? Darüber sprechen wir noch! Ich muss jetzt wirklich los. Trotzdem viel Spaß heute Abend, mein Großer!«

Ma streicht mir über das Haar. Sie stinkt nach Parfum.

»Kann ich jetzt weiterspielen?«

»Na gut. Aber nicht so lange, versprochen?«

Ich zucke mit den Schultern. Kurz darauf höre ich die Haustür zufallen. So viel zum Thema Family! Mach ich mir halt einen schönen Abend mit mir selber. Und mit der vierten Chipstüte.

20:20 Uhr

Nachricht von Lara: Ich vermisse dich!

Ich: Ich dich auch!

Sie: Was machst du?

Ich: Zocken. Und du?

Sie: Fernsehabend mit Family. Oberpeinliche Rateshow. Hilfe!

Ich: Du Arme! Was muss man da raten?

Sie: Ist aber eklig … ☹

Ich: Na los!

Sie: Wie viel Liter Spucke produziert eine Kuh am Tag? 20, 60 oder 90?

Ich: Stimmt, das IST eklig.

Sie: Sag doch mal.

Ich: 20

Sie: Nee, 90!

Ich: Waas? So viel passt doch gar nicht ins Maul rein!

Sie: Ausspucken?

Ich: Dann ertrinkt die!

Sie: Schwimmflügel! ☺ Oder im Sommer: Kuh und Rasensprenger in einem!

Ich: Coole Idee!

Sie: ☺

Ich: Nächste Frage? Stopp, ich mach auch den Fernseher an.

22:35 Uhr

Der Fernsehabend mit Lara war total lustig. Ich hab unsere Glotze angemacht, und dann haben wir weiter am Handy die Antworten geraten. Nur das Knutschen hat gefehlt. Und der Geruch ihrer Haare. Und ihre Augen. Und ihr Lachen. Und … ach, einfach alles!

Aber lustig war's trotzdem.

Lara

22:40 Uhr

Papa hat mich angemault, weil ich beim Fernsehabend die ganze

Zeit auf dem Handy geschrieben habe. Von wegen, morgen beim Spielenachmittag will er das nicht haben und so weiter.

»Schon wieder Spielenachmittag? Aber ich wollte mich morgen mit Finn treffen!«

»Den kannst du jeden Tag in der Schule sehen. Sonntag ist Familientag! Wenn Mama schon mal keinen Dienst hat.«

Papa ist echt ein Arsch!

22:42 Uhr

Ich passe Mama heimlich in der Küche ab.

»Kann ich mich bitte, bitte, bitte morgen mit Finn treffen? Wenigstens kurz!«

»Na gut«, sagt Mama. »Aber dann morgen früh.«

Morgen früh? Sie weiß doch genau, dass ich am Sonntag ausschlafen muss!

»Oder nach dem Mittagessen. Aber sei rechtzeitig zurück, okay?«

»Klar.«

Morgen sehe ich endlich Finn wieder!

Sonntag, 30. Juni

Finn

11:04 Uhr

Ich bin gerade aufgewacht. Hab die halbe Nacht gezockt. Um halb zwei treffe ich Lara. Endlich!

11:05 Uhr

Muss dringend pinkeln. Ma pfeift in der Küche. Hoffentlich hat sie nicht wieder den Heinemann mitgebracht!

11:06 Uhr

Bad ist frei. Puh.

Hoffentlich hockt der Heinemann nicht in der Küche!

11:09 Uhr

Vom Flur aus kann man die halbe Küche sehen. Die ist Heinemann-frei. Aber Mama pfeift immer noch so laut und schräg, dass meine Trommelfelle wackeln. So gute Laune hatte sie das letzte Mal, als der Kerl seinen Kaffee aus meinem Becher geschlürft hat.

Ich glaub, ich zieh mich erst mal an. Ich will ja nicht in meinen Schlafklamotten in meinen Mathelehrer rennen.

11:10 Uhr

Ich will GAR NICHT in meinen Mathelehrer rennen!

11:15 Uhr

In der Küche ist nur Ma. Aber mit verdächtig guter Laune. Ich will gar nicht wissen, was die gestern mit dem Heinemann getrieben hat.

Scheiße, jetzt hab ich Bilder im Kopf. *Lalala! Denk an was anderes!* Kalter Kaffee, tote Fische! Alles, nur das nicht!!!

11:18 Uhr

Die Ablenkung hat nicht geklappt, wie auch, bei dem Gepfeife!

Ich esse meine Nutellabrote jetzt beim Zocken. Und stell mir vor, ich baller den Heinemann ab. Normalerweise würde Ma was dagegen sagen, von wegen gefrühstückt wird am Tisch und so, aber heute war der Protest eher schwach. Die ist wohl noch k. o. von gestern.

11:19 Uhr

K. o. von gestern? Lalala! Kalter Kaffee, tote Fische!

Lara

13:36 Uhr

Mit Finn im Eiscafé. Er hat wieder einen Fruchtbecher, ich wieder Spaghettieis. Alles wie bei unserem ersten Date. Und doch ist alles anders … Ich sehe ihn an und denke daran, wie wir in seinem Zimmer auf dem Bett geknutscht haben. Ich sehne mich so sehr nach ihm! Nach seinen Händen, seinen Lippen, seiner Berührung … Die andere Seite des Tisches ist so furchtbar weit weg.

13:42 Uhr

Finn streichelt auf dem Tisch ganz zart meine Hand. Mir wird abwechselnd heiß und kalt.

13:56 Uhr

Unterwegs zum Park. Ich hab's im Eiscafé nicht mehr ausgehalten, und Finn war auch sofort dafür. Wir gehen Hand in Hand, und mit der anderen Hand schieben wir jeweils unsere Fahrräder. Ganz schön wackelig! Gut, dass der Fußweg hier so breit ist. Oh Mann, wie weit ist es denn noch bis zu dem bescheuerten Park?

14:02 Uhr

Hier sitzen überall Omas und Opas auf den Bänken und glotzen. Die hatte ich total vergessen!

Und jetzt?

14:09 Uhr

Finn ist genial: Er zieht mich einfach hinter sich her zwischen die Büsche und breitet seine Jacke für mich auf dem Gras aus. Wenn er mich nicht gleich küsst, küsse ich ihn! Ich halt's einfach nicht mehr aus.

14:10 Uhr

Gewonnen! Ich war schneller!

14:22 Uhr

Knutschen im Park bei Sonnenschein … Hach! Ich könnte für immer so weitermachen.

14:33 Uhr

Finn zieht mich ganz dicht an sich ran. Seine Augen in meinen, seine Lippen auf meinen, seine Hose wieder so hart … Ich glühe überall!

14:35 Uhr

Mein Shirt ist ein Stück hochgerutscht und Finn streichelt mit dem Finger ganz sanft den kleinen Streifen Haut über der Jeans. Wenn er das Shirt jetzt noch weiter hochschieben würde … Ich würde nicht Nein sagen …

14:36 Uhr

Laras Haut über der Jeans … Und nur ein bisschen weiter oben sind ihre Brüste … Ob ich ihr Shirt hochschieben soll? Ganz langsam, mal sehen, was passiert? Alleine bei dem Gedanken kriege ich Panik! Was, wenn Lara dann aufsteht und geht?

14:37 Uhr

Egal, ich mach's.

14:38 Uhr

Oder doch nicht?

14:45 Uhr

»Wie spät?«, murmelt Lara.

Ich ziehe den Arm hervor und sehe auf meine Uhr. »Viertel vor drei.«

»Scheiße! Ich muss los!« Sie springt auf, und ihr T-Shirt rutscht wieder nach unten. Schade.

Sehr schade.

»So einfach haust du mir nicht ab«, sage ich, ziehe sie an mich ran und küsse sie noch einmal. Warum muss man überhaupt mit dem Küssen wieder aufhören?

14:56 Uhr

Sie ist weg. Ich hätte sie ja nach Hause gebracht, aber sie meinte, es ist besser, wenn sie alleine fährt. Nicht dass ihre Eltern mir die Schuld geben, weil sie zu spät ist. Also hab ich ihr, solange es ging, hinterhergewinkt, und sie hat sich immer wieder nach mir umgedreht. Bis sie beinahe den kleinen Kläffer einer Oma überfahren hätte, jedenfalls. Danach sah ich nur noch ihre Haare im Wind flattern.

»Hübsche Freundin hast du!«

Was will denn der Opa von mir? Schnell weg!

14:57 Uhr

Das Knutschen mit Lara war so geil, und jetzt beim Strampeln rubbeln meine Eier über den Sattel, hin und her, hin und her …

14:58 Uhr

Kalter Kaffee, tote Fische!

14:59 Uhr

Kalter Kaffee! Tote Fische!

Scheiße, ich schaff's nicht bis nach Hause! Kalte Fiiiiiischeee!!!

15:00 Uhr

Zu spät.

Lara

15:03 Uhr

Ich strample, so schnell ich kann. Mein Körper glüht, mein Gesicht, meine Haut, meine Brüste … und ganz besonders glüht es zwischen den Beinen. Und dann noch das Fahrradfahren …

15:08 Uhr

Papa steht schon im Flur.

»Da bist du ja endlich! Wir warten nur noch auf dich!«

Aber so glühend, wie ich mich immer noch fühle, kann ich mich unmöglich hinsetzen und ganz normal Mensch-ärgere-dich-nicht spielen.

»Ich geh nur noch mal schnell auf Klo …«

»Na gut, aber beeil dich!«

15:11 Uhr

Hier im Bad kann ich wenigstens die Tür verriegeln. Die Augen schließen und an Finn denken. Mich streicheln und davon träumen, es wären seine Hände … Und dann schnell kaltes Wasser ins Gesicht!

15:19 Uhr

Jetzt geht's mir besser. So gut, dass ich über Papas verkrampftes Gesicht nur grinsen kann. Ich muss sowieso die ganze Zeit grinsen, Papa guckt schon total misstrauisch.

Aber das ist nicht mein Problem. Ich lasse mir doch mein Glück nicht kaputtmachen!

17:04 Uhr

Meine gute Laune ist dahin. Lina hat zweimal beim Spielen gewonnen, Papa einmal und Mama einmal. Ich gar nicht. Dass Lina ständig quakte: »Mensch-ärgere-dich-nicht heißt das Spiel, Lara! Du darfst dich nicht ärgern, wenn du verlierst!«, hat es auch nicht gerade besser gemacht.

»Kann ich jetzt gehen?«, frage ich genervt. Papa ist zwar nicht begeistert, aber Mama nickt.

»Nur in mein Zimmer oder auch woandershin?«

Jetzt guckt Papa ganz finster. Ich glaube, ich verziehe mich lieber schnell in mein Zimmer.

Dabei macht es für ihn überhaupt keinen Unterschied, ob ich in meinem Zimmer bin oder bei Finn! Wo er doch eh im Wohnzimmer hockt.

17:46 Uhr

Mama kommt in mein Zimmer.

»Ärgere dich nicht über Papa, mein Schatz.«

Ich grumpfe bloß.

»Weißt du, für Papa ist das nicht so einfach, dass du jetzt einen Freund hast.«

»Das hat doch nichts mit ihm zu tun!«

»Na ja …«, sagt Mama. »Er ist vielleicht ein bisschen eifersüchtig. Weil er sein kleines Mädchen jetzt mit einem anderen teilen muss.«

»Er kann mich doch nicht einsperren!«

»Das will er ja auch gar nicht. Aber trotzdem … Ich weiß noch, wie ich meinen ersten Freund hatte …«

»Ja, ja«, stöhne ich. »Da warst du doch viel älter.«

»Ich rede ja nicht von Papa … Jedenfalls, damals war Opa auch eifersüchtig. Und wie!«

»Nicht Papa?«, frage ich. »Wer war es denn dann?«

»Er hieß Jan, aber das ist sehr lange her. Bei Papa war Opa übrigens auch eifersüchtig.«

»Und dieser Jan … War der süß?«

»Ja, schon … Aber eigentlich wollte ich nur sagen: Sei nicht sauer auf Papa. Okay?«

»Okay«, murmele ich, während Mama ziemlich hastig das Zimmer verlässt.

Erst einen auf vertraulich machen und dann kneifen, typisch!

17:49 Uhr

So langsam kapiere ich erst, was sie mir gerade erzählt hat. Mama mit jemand anderem als Papa! Ob Papa das überhaupt weiß?

Dieser Jan war garantiert süß. Deshalb soll Papa auch nichts davon erfahren, sonst ist er am Ende wegen Mama eifersüchtig!

17:51 Uhr

Oh Mann, was denke ich denn da? Papa eifersüchtig, Mama verknallt … Das sind meine Eltern! Voll alte Leute! Ich meine, klar weiß ich, dass Mama mal jung war, muss sie ja gewesen sein … Aber vorstellen kann ich mir das nicht. Erst recht nicht, dass sie mit irgendeinem Jan in den Büschen knutscht! Oder noch viel mehr …? Würg!!!

Vielleicht doch ganz gut, dass sie mir nichts erzählt hat.

Montag, 1. Juli

Finn

7:52 Uhr

Marvin und Jorge kommen gerade in die Klasse.

»Na, wie war das Hauskonzert?«, rufe ich extra laut.

Alle Köpfe drehen sich zu uns um.

»Wie, Hauskonzert?«, fragt Niklas.

»Am Samstag bei Jorge! Mit Marvin am Klavier!«

»Echt? Voll schwul!«

»Halt's Maul, Niklas!«, sagt Jorge. »Und du auch, Finn!«

Marvin stiefelt zu seinem Platz, ohne uns anzusehen.

»Jetzt sind sie beleidigt«, sagt Niklas zu mir.

8:01 Uhr

Wahrscheinlich hat er recht. Die beiden haben noch nicht einmal zu uns rübergesehen.

Hoffentlich kriegen sie sich wieder ein. War vielleicht doch ein bisschen fies, das vor der ganzen Klasse rauszuposaunen.

9:32 Uhr

Jorge und Marvin ziehen immer noch eine Fresse, und das, obwohl ich mich quasi entschuldigt habe. Also, ich hab gefragt, ob sie in der Pause mit rauskommen, das ist ja wohl so was wie eine Entschuldigung.

Was soll's, ich verzieh mich sowieso gleich mit Lara in den Schulgarten.

9:35 Uhr

Im Schulgarten. Lara hat einen Knutschfleck am Hals, und zwar von mir. Von gestern. Wie geil ist das denn?!

9:36 Uhr

Jetzt hat sie zwei!!!

Aber so richtig witzig findet sie das nicht, glaube ich. Und dann bindet sie auch noch schnell ihr Halstuch wieder um und murmelt irgendwas, dass ihr Dad das nicht sehen darf.

Der muss ja ein echtes Monster sein.

9:38 Uhr

Ich habe Lara gefragt, ob ihr Dad mich frisst, wenn er mich das erste Mal sieht. Fand sie auch nicht so witzig.

9:45 Uhr

Wieder bei den Jungs. Alleine. Laras Freundin kam eben heulend in den Schulgarten gerannt, da hab ich mich lieber verzogen.

»Na, fertig mit Poppen?«, sagt Jorge zur Begrüßung.

Das heißt, er ist nicht mehr beleidigt!

»Alles klar, Marvin?«, frage ich.

Aber Marvin winkt bloß ab. An Niklas klebt nämlich irgend so ein Mädel dran, und Marvin ist damit beschäftigt, ihr auf den Hintern zu glotzen. Secondhandsex, ziemlich arm.

9:47 Uhr

Obwohl, der Hintern ist nicht schlecht.

Lara

9:51 Uhr

»Vanessa ist so eine blöde Kuh!«

Vanessa hat in der Pause mit Niklas geknutscht, und Bea ist völlig fertig deswegen. Hat eine Weile gedauert, bis ich das aus ihr raushatte, zwischen verzweifelten Schluchzern, und jetzt ist die Pause vorbei.

Nur: Wieso interessiert Bea sich überhaupt dafür, was Niklas macht? Ich dachte, sie hat was mit einem aus dem Schwimmverein. Stichwort: Party und Knutschen und so.

9:52 Uhr

Scheiße! Niklas ist ja auch im Schwimmverein!

Niklas = Mr X?, schreibe ich in Beas Heft. Sie nickt traurig.

11:26 Uhr

Zweite große Pause. Ich bin mit Bea auf dem Mädchenklo.

Bisher habe ich zwischen Heulen und Naseschnäuzen Folgendes erfahren: Sie hat mit Niklas auf der Schwimmvereinsparty geknutscht und danach noch einmal nach dem Training, als alle anderen schon weg waren.

»Und dann?«

»Nichts«, sagt Bea. »In der Schule hat er so getan, als wäre nichts gewesen. Hat immer nur kurz Hi gesagt und sich weggedreht. Irgendwann hab ich ihm dann einen Brief geschrieben, warum er mich nicht mehr beachtet.«

»Na, ob das eine gute Idee war …«

»Honey meint in ihrem Blog, man soll das Gespräch suchen, aber ich hab ihn nie alleine erwischt. Und ich konnte doch nicht vor seinen Kumpels damit anfangen!«

»Nee, stimmt schon«, sage ich. »Aber ein Brief …«

»Samira fand die Idee mit dem Brief gut!«

Na dann …

»Und?«, frage ich. »Hat er geantwortet?«

Bea schüttelt den Kopf. »Eben nicht. Er hat immer noch so getan, als ob er mich kaum kennt. Und heute hat er dann … mit Vanessa …«

Jetzt fängt sie schon wieder an zu weinen. Niklas ist echt ein Arsch! Ich verstehe überhaupt nicht, wieso Finn mit so einem befreundet ist. Was der mit Bea gemacht hat, geht gar nicht.

Blöderweise habe ich heute Nachmittag Probe und kann nicht zu ihr kommen zum Trösten. Aber wie bringe ich ihr das bloß bei?

Am besten offen und ehrlich sagen, oder?

11:29 Uhr

Ich habe Bea gesagt, dass ich heute Nachmittag keine Zeit habe, und jetzt heult sie doppelt so laut wie vorher.

Dabei ist sie ja nicht alleine: Samira und Leonie gehen direkt nach der Schule mit zu ihr.

13:15 Uhr

Heute ist doch keine Probe, Mathilda ist krank. Daniel hat mich eben vor der Klasse abgefangen und es mir erzählt. Ist aber wohl nichts Schlimmes, denn er meint, dass wir dann morgen alle zusammen starten. Die ganzen Albträume letzte Nacht, in denen ich mich verspiele oder tot zusammenbreche, hätte ich mir also sparen können …

15:10 Uhr

Ich hab Bea noch gar nicht gesagt, dass die Probe heute ausfällt. Nicht mit Absicht, natürlich, aber sie hat die ganze Zeit nur von Niklas geredet, da bin ich echt nicht zu Wort gekommen. Na gut, ich geb's zu: Ein bisschen Absicht war es vielleicht doch. Ich hab nämlich überhaupt keine Lust, mir den ganzen Sülz über Niklas zum vierundneunzigsten Mal anzuhören.

Bin ich jetzt eine schlechte Freundin?

15:11 Uhr

Ach Quatsch. Ich meine, ich hab Bea schließlich den ganzen Morgen getröstet, das muss doch reichen!

Dass ich mich stattdessen mit Finn treffe, muss sie ja nicht unbedingt erfahren. Außerdem kann ich ihn vielleicht mal nach Niklas fragen. Insiderinformationen sozusagen.

Finn
15:13 Uhr

Nachricht von Lara! Daniel hat beschlossen, dass die Bandprobe ausfällt, deshalb können wir uns heute treffen. Ist das nicht nett von Daniel, dass er das erlaubt?

Vielleicht sollte ich einfach Nein sagen.

15:14 Uhr

Natürlich sage ich nicht Nein! Ich werde Lara nachher einfach so toll küssen, dass sie an Typen wie Daniel nicht mal mehr denken will!

Guter Plan.

Und vielleicht passiert ja auch noch mehr …

Lara
15:19 Uhr

Ich habe Mama und Papa erzählt, dass ich mich gleich mit Finn treffe. Und jetzt bestehen sie darauf, ihn kennenzulernen. So eine Scheiße!

Finn
15:21 Uhr

Mein Handy klingelt, es ist Lara. Ihre Eltern wollen mich kennenlernen. So eine Scheiße!

»Muss ich mich da etwa schick anziehen und Blümchen mitbringen und so was?«

»Ach Quatsch, die wollen dir nur mal die Hand schütteln.«

Klingt auch nicht viel besser!

»Oder hast du Angst vor meinem Dad?«

»Quatsch, ich hab vor gar nichts Angst!«
»Dann um vier bei mir?«
»Geht klar.«

15:22 Uhr

Angst vor ihrem Dad? Pah!

15:23 Uhr

Warum hat sie das überhaupt gefragt? Ist der vielleicht Boxer oder Polizist oder so was und verhört mich nachher erst mal?

Ach Quatsch! Bestimmt hat Lara total übertrieben.

Lara

16:10 Uhr

Papa verhört Finn schon seit zehn Minuten.

16:15 Uhr

Papas Fragen werden immer krasser.

»Und dein Vater, was macht der beruflich?«

Finns Gesicht läuft ziemlich rot an. »Keine Ahnung, hab ihn schon seit dreizehn Jahren nicht mehr gesehen.«

»Papa, das reicht jetzt!«, rufe ich.

Aber Papa redet einfach weiter.

16:18 Uhr

Plötzlich steht auch noch Lina neben dem Küchentisch und fragt Finn: »Spielst du was mit mir?«

»Ähm …«, stammelt Finn.

»Ich hab einen Kicker in meinem Zimmer!«

»Echt?«

»Komm mit, ich zeig ihn dir!« Sie nimmt Finn an der Hand und zieht ihn einfach hinter sich her.

Dabei ist das doch eigentlich mein Job! Also, Finn in MEIN Zimmer zu ziehen! Stattdessen macht Lina das.

Aber ich darf Papa nicht mal unterbrechen.

Typisch!

Finn

16:26 Uhr

Ich bin echt froh, dass die Kleine mich von Laras Dad erlöst hat. Sie hat zwar nur einen Kinderkicker, der heftig wackelt, aber hey – Schlangengrube, Tigerkäfig, egal was –, Hauptsache, weg aus der Küche! Und Laras kleine Schwester ist gar nicht schlecht im Kickern. Also, für ein Kindergartenkind.

Ich lasse sie das erste Spiel gewinnen. Die Kleine freut sich voll süß und will gleich noch mal spielen.

»Dann kannst du auch mal gewinnen!«

»Spielst du auch mit?«, frage ich Lara, die mit ziemlich grimmigem Gesicht in der Tür steht. Sie schüttelt den Kopf.

16:38 Uhr

Die zweite Kickerrunde ist vorbei.

»Sorry, jetzt muss ich auch mal zu deiner großen Schwester«, sage ich zu Lina.

»Spielst du mit der auch Kicker?«.

»Nee, mit der spiele ich andere Sachen.« Ich zwinkere Lara zu, aber irgendwie guckt sie immer noch grimmig.

16:41 Uhr

Jetzt sitzen wir in Laras Zimmer auf dem Bett. Das sieht fast aus wie ein Sofa, mit Extradecke drüber und tausend Kissen und so. Ungewohnt, aber auch gemütlich irgendwie. Noch gemütlicher wäre es, wenn Lara endlich mal aufhören würde, auf den Boden zu starren. Ich würde ja gerne den Arm um sie legen, aber keine Ahnung, ob das im Moment gut ankommt. Vielleicht reden? Darauf stehen die Mädchen doch angeblich. Aber was?

16:43 Uhr

»Hast du was?«, frage ich Lara.

»Nein«, sagt sie. Aber irgendwie klingt es eher wie ein Ja.

Was mache ich denn jetzt?

Ob ich mich doch traue, den Arm um sie zu legen?

16:44 Uhr

»Wusstest du das eigentlich mit Bea und Niklas?«, fragt Lara. Mein Arm erstarrt in der Luft.

»Was ist denn mit Bea und Niklas?«

»Na, die sind doch zusammen. Und trotzdem hat er heute mit Vanessa rumgemacht!«

»Die sind nicht zusammen«, sage ich und ziehe den Arm wieder zurück.

»Er hat aber mit Bea geknutscht«, sagt Lara. »Im Schwimmverein. Zweimal.«

»Ach so, das heißt nichts bei Niklas. Tut mir leid, falls deine Bea das nicht wusste.«

»Wie, das heißt nichts?«

»Niklas ist einfach so«, sage ich. »Da kann man nichts machen.«

»Und du findest das okay, oder was?«

»Was willst du eigentlich von mir? Soll ich mich dazwischenwerfen, wenn er anfängt, mit Vanessa rumzuknutschen, oder was?«

»Natürlich nicht!«

Wir starren uns an.

16:45 Uhr

Wir starren uns immer noch an. Ich kapier nicht, warum sie sauer auf mich ist. Ich hab doch gar nichts falsch gemacht!

Ich würde sie so gerne küssen, aber ich trau mich nicht.

Lara

16:46 Uhr

Niklas ist echt ein Arsch! Das muss Finn doch kapieren! Er kann es doch nicht okay finden, was der da macht!

Und wie lange wollen wir uns überhaupt noch so anstarren?

Seine Augen sind echt schön. Grüne Augen …

Dabei bin ich doch eigentlich sauer auf ihn!

16:47 Uhr

»Tut mir echt leid wegen Bea«, sagt Finn. »Aber ich kann doch nichts dafür.«

»Nee, schon klar«, sage ich. Das sollte eigentlich ironisch klingen, tut es aber irgendwie nicht.

16:48 Uhr

»Darf ich dich bitte küssen?« Finn sieht mir tief in die Augen.

Darf er? Ich weiß nicht … Wenn ich es nicht will, müsste ich jetzt was sagen …

Sein Gesicht kommt immer näher, und in meinem Bauch fangen die Schmetterlinge vorsichtig an zu flattern.

16:49 Uhr

Wir küssen uns! Das ist sooo schön!

16:53 Uhr

Aber Niklas ist trotzdem ein Arsch.

19:03 Uhr

Finn ist weg, und Mama und Papa haben angefangen, mich auszuquetschen. Was da mit Finns Vater ist und welche Fächer Finns Mutter unterrichtet und ob ich sie im Unterricht habe, das könnte ja problematisch werden, falls wir mal Schluss machen …

Und dann wundern sie sich, wenn ich sie anschreie!

Dienstag, 2. Juli

Finn

7:52 Uhr

Ich stehe mit den Jungs vor der Schule.

»Alter, das ist total scheiße, was du mit Laras Freundin abgezogen hast«, sage ich zu Niklas.

»Hä? Macht Lara Zicken, oder was?«

»Quatsch!«

»Wo ist dann das Problem? Mach dich mal locker, Alter!«

Keine Ahnung, warum ich's überhaupt versucht hab.

Lara

9:25 Uhr

Vanessa ist heute noch aufgebrezelter als sonst, und Bea sieht aus, als hätte sie die Nacht durchgeheult. Kann ich denn überhaupt in der Pause zu Finn gehen und sie alleine lassen? Sie mitnehmen geht ja wohl kaum, wenn Vanessa wieder mit Niklas rummacht.

9:33 Uhr

Ich bin mit Bea, Leonie und Samira auf dem Schulhof. Bea erzählt gerade zum x-ten Mal, wie sie den Brief geschrieben hat und was für eine Verräterin Vanessa ist. Es wird jedes Mal dramatischer, und die Augen von Leonie werden immer größer.

Was mache ich hier bloß? Ich könnte mit Finn im Schulgarten sein!

9:34 Uhr

»Ähm … Ich geh dann mal zu Finn«, sage ich.

Bea sieht ziemlich angepisst aus.

Aber Finn ist mein Freund! Ist doch normal, dass ich auch mal zu ihm will.

9:35 Uhr

Da vorne sind die Jungs. Oh nein, Niklas knutscht wieder mit Vanessa. Warum sehe ich das erst jetzt? Und Finn strahlt mir schon entgegen. Wieder umdrehen ist also nicht.

9:36 Uhr

Finn küsst mich zur Begrüßung und zieht mich dabei ganz dicht an sich. Voll schön eigentlich, aber Wettknutschen mit Vanessa? Nein danke!

9:38 Uhr

Kurze Knutschpause bei Vanessa.

»Alles in Ordnung bei euch, Lara?«, fragt sie ganz pseudobesorgt.

Weil Finn und ich uns nicht so abschlabbern wie Niklas und sie, oder was? Ich bin so sauer, dass mir keine Antwort einfällt.

Und Vanessa tauscht schon wieder Spucke mit Niklas.

Ich muss hier weg!

9:41 Uhr

ENDLICH mit Finn im Schulgarten. Ich hab ihn einfach an die Hand genommen und hinter mir hergezogen.

»Vanessa, diese blöde Kuh!«, platzt es jetzt aus mir heraus.

»Wieso?«, fragt Finn. »Immer noch wegen Bea, oder was?«

»Ja, auch. Und wegen eben!«

»Hä? Was war denn eben? Wir knutschen doch auch auf dem Schulhof!«

»Doch nicht wegen … Ach, vergiss es.«

»Okay.«

Er rückt näher an mich ran, aber eine Sache will ich noch wissen.

»Sind die denn jetzt zusammen? Vanessa und Niklas?«

Finn zuckt mit den Schultern.

»Wieso weißt du das nicht? Niklas ist doch dein Freund!«

»Na und? Ich hab dir doch schon gesagt, bei Niklas heißt das nichts, wenn er mit jemandem rummacht.«

Jungs, aber echt!

Er streicht mir eine Haarsträhne hinter das Ohr und versucht mich zu küssen, aber ich rücke ein Stück von ihm ab.

Er seufzt. »Anderes Thema?«

»Okay …«, sage ich. »Worüber willst du denn reden?«

»Egal!« Er sieht mich gespielt verzweifelt an. »Irgendwas Schönes halt!«

Finn

9:43 Uhr

Erst hat Lara die ganze Zeit wegen Niklas und Vanessa rumgenölt, und jetzt redet sie nur noch von der Schulband!

»Heute ist endlich die erste Probe mit allen zusammen. Ist das nicht cool?«

Logisch ist das cool, wenn es heißt, dass sie nicht mehr mit Daniel alleine ist!

»Ich war voll enttäuscht gestern, dass das verschoben werden musste.«

»Klar«, sage ich, »und dann musstest du dich leider, leider mit mir treffen.«

Lara stammelt irgendwas, von wegen, so war das nicht gemeint ….

Zu spät!

9:45 Uhr

Sie lächelt mich total süß an … Ich glaube, ich verzeihe ihr.

Lara

9:46 Uhr

Finn hat das total falsch verstanden, als ich gesagt habe, ich war enttäuscht wegen gestern! Ich meine, klar fand ich es schön mit ihm, aber gleichzeitig kann ich es kaum erwarten, endlich das erste

Mal mit der ganzen Band zu proben. Das ist total wichtig für mich! Warum kapiert er das bloß nicht?

Na ja, vielleicht kann man das nicht verstehen, wenn man kein Instrument spielt …?

Tut er doch nicht, oder? Ich weiß echt viel zu wenig über ihn!

Finn

9:47 Uhr

»Spielst du eigentlich auch irgendein Instrument?«, fragt Lara.

»Nee«, sage ich.

»Und was hast du dann so für Hobbys?«

»Hobbys? Na ja, Zocken und so was …«, stammele ich.

»Das ist aber nicht alles, oder?«

»Ähm … Ich bin auch noch in der Staffelauswahl für das Sportfest.«

Lara strahlt mich an. »Cool! Läuft Daniel da nicht auch mit?«

»Ja, schon …«

»Und wer ist schneller?«

»Ist doch egal!«

»Jetzt sag doch mal! Du oder Daniel?«

»Daniel«, nuschele ich.

»Echt? Na, macht ja nichts.«

Macht ja nichts?!!

9:48 Uhr

Jetzt habe ich keine Lust mehr, Lara zu küssen. Daniel, Daniel, Daniel! Jedes zweite Wort, das sie sagt, ist Daniel! Merkt sie denn überhaupt nichts mehr? Wenn ich weiter so mit den Zähnen knirsche, habe ich bald keine mehr. Aber wenn ich was dagegen sage, bin ich garantiert der Arsch, weil ich den tollen Daniel nicht mag.

Was kostet eigentlich ein Auftragskiller?

14:12 Uhr

»Heute Nachmittag zocken?«, fragt Niklas.

»Klar.« Jetzt habe ich wenigstens was vor.

Lara

14:53 Uhr

Finn war total komisch vorhin in der zweiten Pause. Ich habe irgendwie das Gefühl, er ist sauer auf mich. Aber warum? Ich muss unbedingt heute Nachmittag noch mal mit ihm reden.

Aber jetzt kann ich nicht weiter darüber nachdenken, denn gleich ist die erste Bandprobe! Ich bin so aufgeregt!!!

15:03 Uhr

Ich bin im Probenraum. Mathilda sieht nicht gerade gut aus, ihre Nase ist ganz rot, und sie trägt einen langen Schal um den Hals.

»Kannst du denn schon wieder spielen?«, frage ich sie.

»Klar! Ich freue mich total, dass du und Jorge jetzt dabei seid. Das wird super!«

Ich habe eher das Gefühl, ich sterbe gleich.

Wo bleibt eigentlich Daniel mit meiner E-Gitarre?

15:33 Uhr

Wir sind immer noch beim ersten Song, weil ich jedes Mal rausfliege, wenn das Saxophon einsetzt. Jorge starrt mich schon ganz finster an, und mein Kopf glüht so sehr, dass ich aufpassen muss, nicht zu nahe an die Noten zu kommen. Wo Papier doch so leicht brennt.

15:35 Uhr

Es hat endlich geklappt! Dafür ist dieses Mal Jorge rausgeflogen.

»Hey, brauchst du auch Nachhilfe bei mir zu Hause?«, fragt Daniel, und Jorge wird knallrot. Damit sind wir hier schon zwei Tomatenköpfe.

15:47 Uhr

Beim siebten Anlauf macht es in der Mitte des Songs plötzlich *Klick*, und ich höre nicht mehr nur meinen eigenen Part, sondern auch, wie die anderen Instrumente dazupassen und wie sich alles ergänzt und gegenseitig verstärkt. Wow!

»Super!«, ruft Daniel und zwinkert mir grinsend zu. »Das war super, Lara!«

Flirtet der etwa mit mir?

15:49 Uhr

Quatsch, Jorge hat er gerade genauso zugezwinkert.

16:32 Uhr

Die Probe ist zu Ende, und ich bin so k. o., als hätte ich wer weiß wie anstrengenden Sport gemacht. Dabei haben wir noch lange nicht alle Songs für das Konzert geprobt, und die, die wir gespielt haben, waren auch noch nicht besonders gut.

Oh Mann, das Konzert! Wenn ich daran denke, dass uns dann die ganze Schule zuhört, mache ich mir jetzt schon vor Angst in die Hose!

Finn

16:38 Uhr

Lara hat geschrieben: *Probe zu Ende. War echt super! Wollen wir uns noch kurz treffen?*

Keine Zeit, antworte ich.

Sieht sie mal, wie das ist!

16:43 Uhr

Schade! ♥ *Bis morgen!* ☺

Vielleicht sollte ich doch …? Aber dann redet sie eh wieder nur von Daniel.

Sorry, wichtiger Termin, schreibe ich zurück. Als ob das Zocken mit den Jungs ein wichtiger Termin wäre!

Aber wie gesagt: Sieht sie mal, wie das ist.

Mittwoch, 3. Juli

Finn

7:42 Uhr

Das Zocken gestern war total öde, ich hätte mich lieber mit Lara treffen sollen.

Ich bin so ein Idiot!

7:59 Uhr

Jorge sagt, die Probe gestern war richtig gut.

»Erst hatte Lara ein bisschen Probleme, weil sie ja immer nur mit Daniel alleine geprobt hat. Aber dann lief es super! Daniel hat eine echt geile Stimme …«

Daniel, Daniel, Daniel. Jetzt fängt Jorge auch noch so an!

Lara
9:32 Uhr

Große Pause. Ich bin gerade bei den Jungs angekommen, aber Finn hat mich noch nicht gesehen. Er steht mit dem Rücken zu mir und redet irgendwas darüber, wie geil das Zocken gestern Nachmittag war, neuer Rekord, über fünf Stunden.

Zocken? Gestern Nachmittag? Und mir hat er was geschrieben von wegen »wichtiger Termin«?!

Jorge hustet ganz »unauffällig« und zeigt auf mich. Finn schießt herum.

»Hi! Ich hab dich gar nicht gesehen!«

»Hi«, sage ich. »Schön gezockt gestern?« Meine Stimme trieft vor Ironie.

»Klar. Schön geprobt gestern?« Seine Stimme klingt auch nicht netter.

»Klar«, sage ich. »Total schön. Frag doch einfach Jorge, wenn du mehr wissen willst.«

Damit drehe ich mich um und gehe weg, extra langsam, damit er Zeit hat, hinter mir herzukommen oder meinen Namen zu rufen oder irgendwas.

Aber da kommt nichts. Kein Finn und kein Rufen.

Scheiße, ich muss heulen!

Wo steckt Bea, wenn man sie mal braucht?

9:35 Uhr

Für Bea ist der Fall klar: »Seine Freunde sind ihm wichtiger als du, mit den Mädchen spielt er nur. Das ist ganz typisch!«

»Äh … Redest du jetzt von Finn oder Niklas?«

»Ach, die sind doch alle gleich!«

Bloß, dass ich immer gedacht habe, Finn wäre anders …

Aber warum kommt er dann nicht zu mir?

Schon wieder schießen mir Tränen in die Augen.

»Du Arme!« Bea nimmt mich in den Arm, und von den anderen spüre ich streichelnde Hände auf dem Rücken.

»Vielleicht wird ja doch noch alles gut«, sagt Leonie.

»Meinst du?«, schniefe ich.

Bea wirft Leonie einen Du-hast-ja-keine-Ahnung-Blick zu.

»Alle Jungs sind Arschlöcher. Sei froh, dass du uns hast, Lara!«

Jetzt muss ich noch mehr heulen.

Finn

9:36 Uhr

Echt scheiße, was da eben zwischen Lara und mir gelaufen ist!

Und dass die Jungs alles mitgekriegt haben, macht es auch nicht gerade besser.

»Was war das denn gerade?«, fragt Jorge.

»Habt ihr euch gezofft?«, fragt Marvin.

»Das geht euch einen Dreck an!«

»Das ging eh schon viel zu lange. Ich mache immer spätestens nach einer Woche Schluss«, behauptet Niklas.

»Hä? Wieso?«, fragt Marvin. »Nach einer Woche geht es doch erst richtig los!« Die Handbewegung, die er dazu macht, ist eindeutig.

»Arschloch«, murmele ich.

»Du hattest doch noch nie eine Freundin«, sagt Jorge.

»Na und?« Marvin grinst dreckig. »Ich weiß trotzdem, was die Frauen wollen!«

»In deinen Träumen«, sagt Niklas. »Ich erklär euch jetzt mal was. Eine Woche ist die magische Grenze. Vorher sind die Mädels noch ganz heiß auf dich, und danach sitzt du plötzlich neben ihr und hörst dir Storys über ihren alten Teddybären an. Nein danke!«

»Du musst es ja wissen«, zische ich.

»Volltreffer, was?«, fragt Niklas grinsend. »Wie heißt denn ihr Bär?«

»Halt's Maul!«, brülle ich, drehe mich um und haue ab.

9:55 Uhr

Jetzt sitze ich mal wieder beim Direx, wegen Vandalismus. Die Lautenberger stand direkt daneben, als ich den Zaun vom Schulgarten eingetreten hab, aber das hab ich natürlich erst hinterher gesehen. Außerdem: Was hätte ich denn machen sollen, etwa mitten auf dem Schulhof anfangen zu heulen?

Dabei ist mir die Lautenberger eigentlich scheißegal. Sogar die Scheißsprüche von Scheiß-Niklas sind mir scheißegal. Es gibt nur eine Person, die mir nicht scheißegal ist, aber an die darf ich jetzt nicht denken. Sonst fange ich doch noch an zu heulen.

Lara

16:43 Uhr

Gerade zurück von der Bandprobe. Keine Nachricht von Finn, immer noch nicht, dabei habe ich alle zwei Minuten auf mein Handy geguckt. Vielleicht hat er es irgendwie anders versucht?

»Mama, hat jemand für mich angerufen?«

Sie sieht mich erstaunt an. »Meinst du über Festnetz? Wer soll dich denn über Festnetz anrufen? Ich dachte, du weißt überhaupt nicht, dass wir so was haben!«

»Haha, sehr witzig.«

Also hat er sich nicht gemeldet. Meine Augen werden schon wieder feucht, aber vor Mama heulen, das muss echt nicht sein. Schnell raus hier und ab in mein Zimmer.

16:50 Uhr

Meine Gitarre. Meine liebe, alte Akustikgitarre. Lehnt da in der Ecke und sieht mich vorwurfsvoll an. Sie ist sogar schon ein bisschen verstaubt.

»Sorry…«, sage ich schniefend und greife sie mir. (Jetzt spreche ich schon mit Gitarren!)

Meine Finger scheinen zu wissen, was sie spielen sollen, sie fangen ganz von alleine an, immer wieder die gleiche, traurige Melodie …

16:54 Uhr

Oh nein! Das ist der Song, den ich für Finn geschrieben habe! Ich hab ihn bloß nicht erkannt, weil er dieses Mal total traurig klingt. Wie geht noch mal der Text?

Ich weiß: »Dein Kuss, dies Gefühl, ist das Liebe?«

Ist das Liebe? War das Liebe? Aber warum benimmt Finn sich dann wie ein Arsch?

Scheiße!!! Ich muss mal wieder heulen.

17:49 Uhr

Ich spiele immer noch denselben Song. Wenn er zu Ende ist, fange ich wieder von vorne an. Ich kann nicht anders, es passiert irgendwie von alleine.

»Lara? Ist alles in Ordnung?«, ruft Mama durch die Tür.

Nichts ist in Ordnung! Ich spiele weiter, aber jetzt klingt es wütend.

»Kannst du bitte mal rauskommen und mit uns reden?«

»Oder wenigstens was anderes spielen!«, ruft Papa.

Ich spiele noch lauter. Sollen sie doch die Tür eintreten, wenn es sie so stört!

Donnerstag, 4. Juli

Finn

9:32 Uhr

Dahinten ist Lara. Aber ich gehe bestimmt nicht als Erster hin! Ich hab ja nichts falsch gemacht.

Lara

9:33 Uhr

Dahinten ist Finn. Aber ich gehe bestimmt nicht als Erste hin! Ich hab ja nichts falsch gemacht.

Finn

16:23 Uhr

Kaum bin ich nach dem Lauftraining zu Hause, da fängt Ma schon wieder mit dieser Zaungeschichte an. Sie ist anscheinend immer noch beleidigt deswegen. Dabei habe ich ihr gestern schon erklärt, dass das keine Absicht war.

»Aber man tritt doch nicht aus Versehen einen Zaun um! So aggressiv kenne ich dich gar nicht. Was ist eigentlich los mit dir? Ist es wegen mir und Oliver, äh, Herrn Heinemann?«

»An was anderes kannst du wohl nicht denken!«, brülle ich, drehe mich um und renne gleich wieder aus der Tür.

16:38 Uhr

Rollator-Slalom im Park. Daniel ist mir heute beim Training zwar noch davongerannt, aber ab jetzt wird trainiert! Dann werden wir ja sehen, wer auf dem Sportfest schneller ist von uns beiden!!!

Lara

17:45 Uhr

Vorhin beim Gitarrenunterricht hat Herr Freyberg plötzlich das Gesicht verzogen. »Deine Handhaltung ist ganz falsch! Wo hast du dir das denn angewöhnt?«

Also hab ich ihm begeistert erzählt, dass ich jetzt auch E-Gitarre spiele. Aber Herr Freyberg findet das nicht so gut, er ist eben Klassikfreak.

Was soll's, für die E-Gitarre ist es genau richtig so, wie ich jetzt spiele! Die Bandproben laufen immer besser, und ich fliege fast gar nicht mehr raus. Daniel hat mich und Jorge bei der letzten Probe sogar richtig gelobt.

»Wow, ihr seid echt gut! Ich bin stolz auf euch!« Er ging zu Jorge und legte ihm den Arm um die Schulter. Als er ihn wieder losließ, war Jorge knallrot.

»Ich bin auch stolz auf euch«, sagte Mathilda und strahlte mich an, und selbst Leon, der sonst nie was sagt, meinte: »Echt super!«

Wäre also alles perfekt, wenn nicht … Nicht drüber nachdenken! Sonst fange ich wieder an zu heulen.

Finn

21:35 Uhr

Was für ein Scheißabend! Ma ist schon wieder mit dem Heinemann unterwegs, und ich hänge alleine zu Hause rum. Und alles in meinem Zimmer erinnert mich an Lara. Ich drehe noch komplett durch, wenn das so weitergeht! Ich will sie einfach nur zurück. Scheiß drauf, wer was falsch gemacht hat!

Ich brauche einen Plan …

Freitag, 5. Juli

7:55 Uhr

Ich habe einen Plan! Aber wenn ich nur daran denke, donnert mein Herz von innen gegen den Brustkorb, dass es knallt. Nachher, wenn es so weit ist, hole ich mir garantiert einen Rippenbruch.

16:20 Uhr

Ich stehe vor der Tür des Probenraums, und bisher sind noch alle Rippen heil, aber nur gerade so. Ich will Lara überraschen, und damit sie nicht einfach stinksauer an mir vorbeirauscht (obwohl ich ja nichts falsch gemacht habe!), halte ich eine rote Rose in der Hand.

16:27 Uhr

Jorge kommt mit knallrotem Schädel rausgestürmt und rennt an mir vorbei, ohne mich zu sehen. Die Tür steht jetzt halb offen. Das heißt wohl, die Probe ist zu Ende. Aber warum kommt sonst keiner raus?

Und wo ist Lara?

Ob ich einfach reingehen soll?

Scheiße, wenn mein Herz so weiterdonnert, bricht doch noch eine Rippe!

Lara

16:28 Uhr

Die Probe ist zu Ende, und alles ist supergut gelaufen.

Jedenfalls bis eben. Eben hat Daniel Jorge umarmt, hochgehoben und ihm einen Schmatzer auf die Wange gedrückt, »weil er so toll gespielt hat«. Alle haben gelacht, aber Jorge ist knallrot angelaufen und hat Daniel voll angeschnauzt.

»Spinnst du! Du hast sie wohl nicht mehr alle!«

Damit ist er rausgerannt.

16:29 Uhr

Mathilda und ich sehen uns betreten an, und Leon starrt auf sein Schlagzeug. Nur Daniel grinst immer noch.

»Dabei wollte ich euch doch alle knuddeln!«, ruft er, und plötzlich hebt er mich hoch und schmatzt mir einen dicken Kuss auf die Wange.

»Hey«, rufe ich und will gerade im Spaß mit ihm schimpfen, da sehe ich Finn in der Tür stehen. Mit einer Rose in der Hand.

»Finn«, sage ich hilflos, aber er dreht sich nur um und stürmt raus.

Finn
16:30 Uhr

Abgrund. Hölle. Aus und vorbei.

Dolch in mein Herz und dreimal rumgedreht.

Ich will nur noch weg!

Lara
16:31 Uhr

Was soll ich jetzt nur machen?

»Scheiße«, murmelt Daniel.

»Ja, scheiße!«, brülle ich und laufe hinter Finn her.

Im Flur ist er nicht. Wo steckt er bloß?

16:32 Uhr

Da vorne bei den Fahrradständern steht er! Er fummelt gerade an seinem Fahrradschloss rum.

Und jetzt? Was sag ich nur? Er glaubt mir doch niemals, dass das nur Spaß war!

Finn
16:33 Uhr

Scheiß Schloss, geh auf! Laras Lügen muss ich mir echt nicht anhören, von wegen, das war alles nur Spaß oder so … Geh auf!!!

Lara
16:35 Uhr

»Finn«, sage ich. »Das eben war gar nicht so, wie es aussah.«

»Ach nein?«, fragt er, ohne mich anzusehen.

»Nein! Daniel ist nun mal so ein Typ, der alle umarmt, wenn er sich freut. Aber doch nur aus Spaß!«

»Spaß?«, murmelt Finn. »Wie fändest du es, wenn ich mich aus Spaß von fremden Mädchen abknutschen lasse?«

»Aber wir haben doch gar nicht geknutscht! Daniel hat sich bloß gefreut, weil wir so gut gespielt haben!«

Jetzt blickt er auf. »Ach, spielen nennt man das?« Seine Stimme ist so kalt, dass mein Herz fast erfriert.

»Finn, bitte …«, stammele ich. »Du musst doch verstehen …«

»Er oder ich«, sagt Finn.

»Was?«

»Er oder ich«, wiederholt er. »Daniel oder Finn.«

»WAS? Wie soll das denn gehen?!«

»Ganz einfach«, sagt er. »Triff dich nicht mehr mit ihm.«

»Aber was ist mit der Band? Ich kann die anderen doch nicht eine Woche vor dem Konzert im Stich lassen! Und außerdem will ich doch gar nichts von Daniel!«

»Dann beweis es mir! Hör auf, ihn zu sehen!«

»Aber das geht nicht! Wegen der Band! Reicht es nicht, wenn ich sage, dass ich nichts von ihm will?«

»Bis eben hätte es gereicht«, sagt Finn. »Also?«

»Aber ich kann die Band nicht aufgeben!«, rufe ich verzweifelt.

»Aha.« Er fummelt wieder an seinem Fahrradschloss herum.

»Finn …« Ich lege ihm die Hand auf die Schulter, aber er zuckt so heftig zusammen, dass ich sie schnell wieder zurückziehe.

In dem Moment geht das verdammte Schloss auf.

»Also?«, fragt er.

»Finn, bitte! Du weißt doch genau …«

»Schade«, sagt er, schwingt sich auf sein Fahrrad und fährt davon, ohne sich noch einmal nach mir umzusehen.

Finn

16:41 Uhr

Scheiße, scheiße, scheiße! Lara hat sich für Daniel entschieden!

Und sie gibt es nicht mal zu und behauptet noch, das war alles Spaß. Aber ich bin doch nicht blöd! Der Arsch hat das genau geplant: erst diese Treffen bei ihm zu Hause, dann umarmen und küssen … Wenn der Typ nicht gerade schwul ist, dann ist doch völlig klar, was das heißt! Und was macht sie? Entscheidet sie sich für mich? Nein!

Also läuft da was. SCHEIßE!!!

Lara

22:48 Uhr

Ich hab tausendmal versucht, Finn anzurufen, aber er geht nicht ran. Und meine Nachrichten beantwortet er auch nicht.

Samstag, 6. Juli

Keine Nachricht von Finn. Und ans Telefon geht er immer noch nicht.

Sonntag, 7. Juli

Immer noch nichts. Heißt das, jetzt ist Schluss? Das wollte ich nicht! Echt nicht, niemals!!!

Montag, 8. Juli

9:32 Uhr

Große Pause. Bea ist total dagegen, dass ich zu Finn gehe. Und sie hat ja recht! Warum sollte er mir heute auf einmal zuhören, nachdem er mich am Wochenende komplett ignoriert hat?

Dahinten ist er! Wenn er jetzt zu mir rübersieht, gehe ich vielleicht doch hin …

Finn

9:33 Uhr

Was mach ich nur, wenn Daniel gleich anfängt, mit Lara rumzumachen?

Dann trete ich mehr zusammen als nur einen Zaun!

Da hinten ist sie. Alleine. Trotzdem: nicht hinsehen, bloß nicht hinsehen!

9:35 Uhr

»Gehst du gar nicht zu Lara?«, fragt Jorge. Er sieht ziemlich fertig aus, also genauso, wie ich mich fühle.

»Nein«, knurre ich.

»Hast du Schluss gemacht?«, fragt Niklas. »Ist eh besser so, hab ich ja neulich schon erklärt …«

»Halt's Maul, Niklas!«

»Aber …«

»Lass ihn in Ruhe, Niklas«, sagt Jorge.

Niklas stöhnt. »Was seid ihr denn für Flaschen?«

Keiner antwortet. Gut, denn ich bin kurz davor, jemandem eine reinzuhauen.

Lara

9:37 Uhr

Er sieht nicht zu mir rüber. Gar nicht.

9:41 Uhr

Wer braucht schon Finn? Ich habe immer noch meine Freundinnen! Okay, es gibt Spannenderes als Bea und Samira, die das letzte Schwimmtraining in allen Einzelheiten noch mal durchgehen. Aber das kann Finn ja nicht hören, deshalb tue ich so, als ob ich irre Spaß habe. Nur für den Fall, dass er doch mal rüberguckt.

Finn

9:50 Uhr

Die Pause ist zu Ende und Lara immer noch alleine – also, bei ihren Freundinnen, aber ohne Mr. Arschloch. Sie sieht nicht zu mir rüber. Gut! Ich ja auch nicht zu ihr.

Lara

16:48 Uhr

Zu Hause. Endlich! Daniel war heute bei der Probe wieder total flirty drauf, aber nicht nur zu mir, auch zu Jorge, obwohl der die ganze Zeit in die andere Richtung gestarrt hat. Und ein bisschen auch zu Mathilda und Leon.

Er will nichts von mir, warum kapiert Finn das nicht!

Nichtdrandenken, nichtdrandenken … Sonst fange ich noch an zu heulen, bevor ich in meinem Zimmer bin!

16:49 Uhr

Ich stehe im Flur und heule. Sofort kommt Mama aus dem Wohnzimmer geschossen.

»Was ist denn los, meine Kleine? Ist es wegen deinem Freund?«, fragt sie ganz lieb und nimmt mich fest in den Arm. Da muss ich noch mehr heulen.

16:52 Uhr

Jetzt steht auch noch Papa im Flur.

»Alles klar bei euch?«, fragt er.

»Wonach sieht's denn aus?«, schniefe ich.

Mama streichelt mir über den Kopf. »Lara hat Liebeskummer, deshalb weint sie ein bisschen«, sagt sie in ihrem Erklär-Tonfall.

»Gar nicht«, murmele ich und schiebe ihren Arm beiseite.

»Hast du dich mit deinem Freund gestritten?«, fragt Papa.

Ich schniefe. »Tu bloß nicht so, als ob du dann traurig wärst.«

»Klar wäre ich dann traurig«, behauptet er.

»Von wegen!«

»Na ja … jedenfalls ein bisschen.«

»Andreas!«, sagt Mama.

Ich sage gar nichts mehr. Ich renne in mein Zimmer. Papa ist so ein Arsch!

17:03 Uhr

Ich sitze in meinem Zimmer auf dem Bett und dresche auf meine Gitarre ein. Plötzlich geht die Tür auf, und Papa kommt rein.

»Was willst du?«, brumme ich.

Papa sieht überallhin, nur nicht zu mir. »Mama hat gesagt, ich soll mich entschuldigen.«

»Dann tu's doch einfach!«

Er zeigt aufs Bett. »Darf ich?«

Ich zucke mit den Schultern, und er setzt sich.

»Also: Es tut mir leid«, sagt er. »Okay?«

Ich zucke wieder mit den Schultern. »Meinetwegen.«

Papa tätschelt ungeschickt meinen Arm. »Ich hab dich lieb, weißt du?«

»Ich weiß«, sage ich.

Papa tätschelt noch einmal. Dann räuspert er sich. »Also … ich geh dann mal wieder.«

»Mach das«, sage ich und muss trotz allem ein bisschen lächeln.

Vielleicht ist Papa doch kein Arsch.

Mittwoch, 10. Juli

Finn

15:46 Uhr

Gestern und heute hat Lara in den Pausen mit ihren Freundinnen gekichert und so getan, als würde sie mich überhaupt nicht sehen. Natürlich hab ich sie auch nicht beachtet, in der Schule tue ich so, als wäre alles cool. Aber in Wirklichkeit geht es mir beschissen. Vor allem wenn ich daran denke, dass Lara jetzt wahrscheinlich gerade bei Daniel ist …

15:47 Uhr

»Finn, Besuch für dich!«

Besuch?

Lara?!!

15:48 Uhr

Von wegen Lara! Es sind die Jungs.

»Was ist denn mit deinen Augen los?«, fragt Niklas, kaum dass er im Zimmer steht. »Die sind voll rot. Hast du geheult oder was?«

»Zu viel gekifft«, sage ich und grinse schief.

»Aber sonst alles klar bei dir?«, fragt Jorge.

»Klar, Mann, das war ein Witz!«

»Weiß ich doch. Ich mein ja nur …«

»Ich hab Heuschnupfen, okay? Einfach nur Heuschnupfen!«

»Ist ja gut«, sagt Jorge. »Komm mal wieder runter.«

»Was wollt ihr überhaupt hier?«

»Wir dachten, du hast vielleicht Lust auf Zocken«, sagt Marvin. »Bisschen Ablenkung.«

»Ich brauche keine Ablenkung«, behaupte ich. »Mir geht's super.«

»Welches Level waren wir?«, fragt Niklas.

»Heute nicht, Mann.«

»O-kay …«

»Komm, lass uns gehen.« Jorge schiebt Niklas aus der Tür.

»Man sieht sich«, sagt Marvin, dann trottet er hinter den beiden her.

»Wetten, der hat doch geheult?«, höre ich Niklas' Stimme aus dem Flur.

»Hab ich nicht!«, brülle ich.

Zu spät, gerade fällt schon die Haustür ins Schloss.

Donnerstag, 11. Juli

Finn

16:09 Uhr

Obwohl ich jeden Tag zwei Stunden durch den Park laufe, war Daniel eben beim Training wieder schneller als ich. In der Schule ignoriert Lara mich immer noch, und Niklas bringt einen Spruch nach dem anderen über Heuschnupfen.

Mein Leben ist echt scheiße!

Nur Ma ist total nett zu mir. Gestern Abend hat sie überhaupt nicht gemeckert, dass ich so viel zocke, und dann hat sie mir sogar meine Lieblingschips gebracht.

Da stimmt doch was nicht …

19:32 Uhr

»Finn«, sagt Ma beim Abendessen. »Du weißt, eigentlich wollte ich nie was mit einem Kollegen anfangen. Aber manchmal kommt es im Leben eben anders. Wir, also Oliver und ich …«

»Ich will's gar nicht hören!«, rufe ich.

»Bitte, Finn, versteh mich doch. Ich bin endlich wieder glücklich, zum ersten Mal seit Langem.«

»Aber doch nicht mit dem Heinemann!«

»Soll ich etwa deinetwegen mit ihm Schluss machen? Ich liebe ihn! Bitte versteh das doch.« Jetzt strahlt Ma nicht mehr. Ihr ganzes Gesicht ist dunkel, so als ob in ihr jemand das Licht ausgeknipst hätte. Plötzlich fühle ich mich wie ein Schwein.

»Reicht ja, wenn es einem von uns scheiße geht«, murmele ich.

»Ich will aber nicht, dass es dir wegen Oliver und mir scheiße geht.«

»Bleib mal locker, Ma! So wichtig bist du nun auch wieder nicht.«

»Nicht? Puh! Äh, ich meine … Es ist also okay? Das mit Oliver und mir?«

»Na ja, okay vielleicht nicht, aber … ist ja deine Sache.« Habe ich das wirklich gerade gesagt? Muss wohl, denn plötzlich habe ich eine Mutter am Hals kleben. Gar nicht so leicht, ihre Arme wieder wegzuschieben.

Ma strahlt mich an. »Ich weiß ja, du magst das nicht, aber das musste sein!« Sie räuspert sich. »Aber sag mal, warum geht es dir denn schlecht? Ist es wegen Lara?«

»Ich will nicht darüber reden«, sage ich düster.

»Na gut … Aber falls doch, ich bin jederzeit für dich da. Okay?« Sie wuschelt mir durch die Haare.

»Schon klar«, murmele ich.

Falls du nicht gerade mit dem Heinemann rummachst.

Freitag, 12. Juli

Lara

15:42 Uhr

Heute ist die letzte Probe vor unserem großen Auftritt, und alle sind total aufgeregt. Aber ich kann die ganze Zeit nur an Finn denken. Sieht man mir anscheinend auch an.

»Geht's dir nicht gut?«, fragt Mathilda mich in der Probenpause total lieb. Da kann ich nicht anders, ich erzähle ihr die ganze Sache mit Finn.

»Dein Freund ist eifersüchtig auf Daniel?«, fragt Mathilda. »Bei dem braucht er sich nun echt keine Sorgen zu machen!«

»Hä? Wie meinst du das?«

Mathilda schüttelt den Kopf. »Das darf ich dir leider nicht sagen. Frag Daniel.«

Mehr ist nicht aus ihr rauszukriegen.

15:49 Uhr

Jetzt weiß ich, was Mathilda gemeint hat! Daniel hat es mir verraten. Unter einer Bedingung: »Du musst mir versprechen, dass du es niemandem weitererzählst!«

»Auch nicht Finn?«

»Niemandem!«

»Aber wenn er es wüsste, wäre alles wieder gut zwischen uns!«, rufe ich verzweifelt.

»Das mit dir und Finn kriegen wir auch anders wieder hin«, sagt Daniel. »Zum Beispiel… könntest du einen Song für ihn schreiben. Meinst du, du schaffst das?«

»Ehrlich gesagt hab ich schon einen geschrieben«, sage ich.

»Echt? Cool!«

Aber was nützt das?

15:54 Uhr

Daniel und ich haben einen Plan gemacht, einen Finn-zurückhol-Plan. Ich soll den Song auf dem Schulfest spielen, eine gesungene Liebeserklärung vor allen Leuten. Da muss Finn doch einfach dahinschmelzen!

Als Daniel das eben sagte, klang es wie eine gute Idee.

Aber jetzt … Ich glaube, ich sterbe!!!

Samstag, 13. Juli

9:12 Uhr

Ich habe gestern noch bis spät in die Nacht an dem Song für Finn gefeilt und meine Gitarrenparts und das Singen geübt. Danach habe ich geträumt, dass ich beim Konzert den Mund aufmache, und es kommt kein Ton raus. Der totale Horror!

Und jetzt muss ich los zur Generalprobe. Hoffentlich machen Leon und Jorge auch mit! Bisher wissen sie nur, dass wir uns eine Stunde früher treffen für ein »Special«. Schließlich habe ich den Song noch nie auf der E-Gitarre gespielt, und die anderen müssen auch noch was dazu improvisieren.

14:03 Uhr

Alle machen mit! Jorge hat zwar erst ganz komisch geguckt, als er hörte, worum es geht, und irgendwie verlegen an seinem Saxophon-T-Shirt rumgezupft. (Mit dem Spruch »I love Sax!« vorne und hinten drauf.) Aber dann hat er genickt und sich bei dem Song voll reingehängt, und am Ende der Probe hat er sogar versprochen, dass er Finn nachher zum Konzert mitschleppt.

Hoffentlich klappt alles! Hoffentlich …

Oh Mann, wenn ich an nachher denke, will ich einfach nur ganz weit wegrennen!

14:04 Uhr

Apropos rennen: Finn und Daniel laufen nachher den Staffellauf. Ob ich hingehen soll?

Finn

16:51 Uhr

Der Staffellauf ist zu Ende und Daniel mal wieder ein Held. Ich weiß, eigentlich sind wir alle ein Team, und der Sieg ist eine Gemeinschaftsleistung, ich sollte mich freuen, weil unsere Schule gewonnen hat, blablabla … Aber Daniel war natürlich als Letzter dran, weil er der Schnellste ist, und als er über die Ziellinie lief, haben alle gejubelt wie bescheuert. Auch Lara, ich hab's genau gesehen!

Am liebsten würde ich jetzt sofort abhauen, aber die Jungs wollen unbedingt zum Grillstand. Ich hab einen Riesenhunger, also werde ich wohl mitgehen. Und Jorge will, dass wir nachher auf jeden Fall zu seinem Konzert kommen. Zu Laras und Daniels Konzert wohl eher. Kotz!!!

17:08 Uhr

Am Grillstand riecht es extrem lecker. Niklas und Marvin sind schon da, und Niklas schlägt mir voll auf die Schulter.

»Ey, was ist los? Ihr macht den ersten Platz, und du ziehst eine Fresse, als wär einer gestorben!«

»Halt's Maul«, sage ich. »Kriegt man hier auch was zu essen?«

Mit vollem Mund muss man wenigstens keine dummen Fragen beantworten.

17:34 Uhr

Niklas und Marvin wollen zur Aula, Plätze für das Konzert sichern.

»Geht schon mal vor, ich muss noch schnell pinkeln«, sage ich. Stimmt auch, aber danach gehe ich garantiert nicht zur großen Daniel-Show, sondern direkt nach Hause. So viel ist mal klar.

17:36 Uhr

Die haben hier so Dixi-Klos aufgestellt, aber davor warten ungefähr hundert Mädchen. Ich verdrück mich lieber in die Büsche.

17:38 Uhr

Das gibt's doch nicht! Im Gebüsch machen gerade zwei rum, und der eine davon ist eindeutig Daniel! Und das Mädchen? Ich sehe sie bloß von hinten, aber Lara ist das nicht!!! Wie geil, er betrügt sie jetzt schon!

Aber wer ist das bloß? Irgendwie kommt sie mir bekannt vor, die kurzen dunklen Haare, und dieses T-Shirt … »I love Sax« … Gibt es das öfter?

17:39 Uhr

Scheiße!

Scheiße, scheiße, scheiße!!!

Jetzt weiß ich, wer das ist!

Daniel hat mich gesehen, und jetzt dreht sich auch das Mädchen zu mir um.

Aber von wegen Mädchen!

17:40 Uhr

Wir starren uns an. Keiner sagt was.

Und jetzt?!

17:42 Uhr

Nach einer halben Ewigkeit höre ich plötzlich Niklas' Stimme hinter mir. »Ey, hier steckst du! Wir waren auch noch mal pinkeln. Hast du da ein Kaninchen entdeckt, oder was?«

Er schiebt mich beiseite. »Jorge, Alter, was machst du denn da?«

»Ich … Ich hab hier was verloren«, stammelt Jorge. »Mei… meinen Schlüssel.«

»Und ich hab ihm beim Suchen geholfen«, sagt Daniel.

»Was seid ihr denn für Schwuchteln«, witzelt Niklas, aber keiner lacht, nicht mal Marvin, der in dem Moment neben ihm auftaucht.

»Kann doch sein, dass er seinen Schlüssel verloren hat«, sagt er.

Plötzlich sehen mich alle fragend an. Ein Wort von mir, und Daniel ist erledigt. Das ist die Gelegenheit, mich für die Sache mit Lara zu rächen!

Obwohl … Moment mal! Wenn Daniel mit Jorge knutscht, dann steht er auf Jungs, und das heißt ja … DAS HEIßT JA, LARA HAT GAR NICHTS MIT IHM!!!

17:44 Uhr

Jetzt wo ich das kapiert habe, ist mir alles andere egal.

Die anderen starren mich immer noch an.

»Ich hab auch schon mal meinen Schlüssel verloren«, sage ich und muss auf einmal ganz furchtbar grinsen.

»Spinnt ihr alle, oder was?«, fragt Niklas.

Daniel richtet sich auf. »Wir müssen zum Konzert«, sagt er und schiebt sich an uns vorbei. Jorge schleicht mit glühend rotem Gesicht hinter ihm her.

»Da stimmt doch was nicht«, murmelt Niklas.

»Lass gut sein, Alter«, sagt Marvin. »Lasst uns endlich zum Konzert, sonst kriegen wir keine Plätze mehr.«

Das Konzert!!! Ich muss Lara finden!!!

Lara

17:46 Uhr

Ich sitze auf dem Klo, schon wieder, dabei war ich gerade erst vor zehn Minuten.

Was, wenn Finn nicht kommt?

Was, wenn er kommt und den Song blöd findet?

Soll ich das wirklich machen, vor der gesamten Schule?

Ich muss, es ist meine letzte Chance!

Na toll, jetzt ist mir auch noch übel.

17:48 Uhr

Im Vorraum am Waschbecken steht Vanessa. Sie starrt in den Spiegel und versucht, die schwarze Make-up-Schmiere unter ihren verheulten Augen wegzutupfen. Ich lächele ihr mitfühlend zu.

»Ist was?«, zischt sie.

»Nein, ich dachte nur … Geht's dir nicht gut?«

»Überlass das Denken mal lieber anderen!«

Charmant wie immer. Und ich hätte fast Mitleid mit ihr gehabt!

17:49 Uhr

Auf dem Weg zur Bühne sehe ich Niklas, im Arm eine total aufgebrezelte Tussi. Das erklärt es natürlich.

17:50 Uhr

Auf der Bühne. Daniel und Jorge sind auch gerade gekommen, damit ist die Band vollzählig. Der Vorhang ist noch zu. Ob ich mal an der Seite vorbei ins Publikum linsen soll?

17:51 Uhr

Das mit dem Linsen war keine gute Idee! Jetzt sind meine Knie so weich, dass ich mich erst mal auf den Boden setzen muss. Der Saal ist nämlich voll! Meine ganze Klasse ist da, natürlich auch Bea, Samira und Leonie (die tuschelnd die Köpfe zusammenstecken), außerdem Niklas und seine Tussi, Mama und Papa (mit Lina auf den Schultern) und sogar Finns Mutter.

Alle sind da. Alle außer Finn.

Finn

17:52 Uhr

Alle Seiteneingänge zur Bühne sind verschlossen. So ein Scheiß! Ich dachte, ich gehe direkt zu Lara, aber jetzt muss ich mich wohl durch die Massen kämpfen.

17:55 Uhr

Die Bullies an der Tür wollen mich nicht reinlassen! Das sind irgendwelche Typen aus der Zwölften, und die behaupten, sie kennen mich nicht! Und dass ich garantiert von der Schule bin, die den zweiten Platz gemacht hat – da wollten wohl vorhin einige die Party stürmen. Nur, weil ich ein blaues T-Shirt anhabe!

Auf die losgehen bringt nichts, die sind einen Kopf größer und doppelt so breit wie ich.

Nicht mal 'ne Rede von wegen Lebensglück und so überzeugt sie. »Schreib's auf, vielleicht interessiert es einen.«

Blablabla, und von drinnen hört man schon Gitarrensounds und Jorges Saxophon!

Scheiße, scheiße, scheiße! Was mache ich denn jetzt?

18:00 Uhr

»Lassen sie dich nicht rein?«

Der Heinemann, ausgerechnet. Komisch nur, dass er nicht dämlich grinst wie sonst immer. Er lächelt die Bullies ganz freundlich an und sagt: »Er gehört zu mir.«

Dabei zeigt er auf mich.

Waaas?! Ich gehöre nicht zu ihm! Niemals!!!

18:01 Uhr

Die Bullies sehen mich fragend an. Der Heinemann ist Lehrer, der kommt auf jeden Fall rein. Also beiße ich die Zähne zusammen und nicke.

Lara

18:02 Uhr

»Lara, wir müssen anfangen!«

Daniel hat recht. Der Vorhang ist auf, der Soundcheck ist durch und alle sehen gespannt zu uns hoch. Aber Finn ist noch nicht da! Und mein Song sollte doch der erste sein!

Ich sehe die anderen fragend an. Jorge zuckt mit den Schultern. Leon hat die Drumsticks schon erhoben, bereit, loszulegen. Mathilda nickt in Richtung Publikum. Sie will es also durchziehen, auch wenn Finn nicht da ist? Sie nickt noch einmal in den Saal, ganz hinten ist eine Tür aufgegangen! Ist das …?

Nein, es ist nur der Heinemann.

Oder? Da kommt doch noch jemand rein!

Es ist Finn!!!

Mein Herz klopft plötzlich irgendwo in meinem Hals, wie durch Nebel nicke ich den anderen zu. Meine Finger zittern, als ich die ersten Akkorde spiele. Finn kämpft sich durch die Zuschauer nach vorne durch, gleich muss ich singen, hoffentlich versagt meine Stimme nicht!

18:03 Uhr

Die ersten Worte! Und meine Stimme klingt tatsächlich ganz okay!

Finn bleibt vor der Bühne stehen. Findet er es blöd? Hoffentlich findet er es nicht blöd!!!

Finn

18:04 Uhr

Laras Stimme ist wunderschön. Was ist das für ein Song?

Ich blicke auf, und sie sieht mir direkt in die Augen.

Lara

18:05 Uhr

Er lächelt! Er liebt mich noch!!!

Meine Stimme wird für einen kurzen Moment wackelig.

Und Daniel winkt Finn hoch auf die Bühne!

18:06 Uhr

Jetzt steht Finn neben mir, und die Schmetterlinge in meinem Bauch ticken komplett aus.

Hilfe, ich muss doch weitersingen!

18:07 Uhr

Ich habe es geschafft, ich habe den Song zu Ende gesungen. Ein bisschen wackelig vielleicht, aber was soll's. Bis zur letzten Zeile: »Dein Kuss, dies Gefühl, das ist Liebe! Oh yeah-eah-eah!«

Ein letzter Akkord, von irgendwoher Applaus, aber ich starre bloß auf die Bretter vor meinen Füßen. Alles, nur nicht Finn ansehen.

Fand er das jetzt kitschig?

18:08 Uhr

Finn streicht mir vorsichtig das Haar zur Seite und flüstert in mein Ohr: »Sorry, ich war ein Idiot!«

Ich blicke auf, und er sieht mich so süß an, dass ich ihn einfach küssen muss.

Ich war noch nie so glücklich!!!

Das Publikum anscheinend auch, so wie die pfeifen und jubeln.

Am liebsten würde ich Finn ewig küssen! Blöd, dass ich gleich weiterspielen muss. Daniel geht schon zum Mikro …

18:09 Uhr

»Wo wir gerade dabei sind …«, sagt Daniel ins Mikro.

Und dann geht er zu Jorge und küsst ihn mitten auf den Mund!!!

WAAASS???

Hoffentlich haut Jorge ihm dafür nicht eine rein!

Aber Jorge bleibt bloß ganz starr sitzen und wird knallrot.

18:10 Uhr

Plötzlich ist es still im Raum. Alle starren Daniel und Jorge an. Leises Tuscheln und Raunen, mehr ist nicht zu hören.

»Ihr dürft ruhig mitjubeln«, sagt Mathilda ins Mikro.

Einen Moment ist es noch still, dann ruft eine einzelne Stimme: »Juchhu!«

Und dann jubeln und pfeifen auf einmal alle los, als ob ein böser Zauber gebrochen wäre.

Das heißt fast alle. Mitten in der Menge redet Papa hektisch auf Lina ein, die mit dem Finger auf Daniel und Jorge zeigt, und einige andere Leute starren verlegen zur Seite oder grinsen schief. Und ein paar Typen in der zweiten Reihe machen dämliche Handbewegungen. Aber wer interessiert sich schon für Idioten?

Daniel und Jorge. Ausgerechnet Jorge! Das hätte ich nie gedacht!

Finn sieht komischerweise gar nicht überrascht aus.

»Was die können …«, murmelt er und küsst mich noch einmal richtig lange.

Worauf das Jubeln noch eine Stufe lauter wird.

18:28 Uhr

Finn ist wieder von der Bühne geklettert, und ich spiele mein erstes Konzert! Ein Wahnsinnsgefühl, vor allem weil alles, was wir in den Proben geübt haben, auf einmal ohne viel Nachdenken klappt. Daniels geile Stimme, Mathilda und Jorge, die am Keyboard und Saxophon alles geben, Leon, der wie ein Irrer auf das Schlagzeug eindrischt, und natürlich ich und meine Gitarre. Mein Bauch vibriert vom

Sound der Musik, und die Schmetterlinge feiern die Party ihres Lebens.

Finn in der ersten Reihe strahlt mich an, und ich strahle zurück. Ich spüre immer noch seine Lippen auf meinen.

Noch drei Songs.

Und danach … Wer weiß?

ENDE

Danksagung

Danken möchte ich:

Meinem Mann Alex. Ich liebe Dich! Danke, dass es Dich gibt! Und dafür, dass Du immer an mich glaubst – auch, wenn ich selbst es gerade mal nicht tue.

Meinen Eltern Ingrid und Ulli. Danke, dass Ihr mich immer unterstützt und für mich da seid.

Meiner Freundin Verena für das Testlesen und die vielen Gespräche.

Bastian Ruppert für fachkundigen Rat rund um das Gitarre spielen.

Meinen Autorenkolleginnen und -kollegen für den Austausch, die Ermutigung und den Spaß, den wir auf unseren Treffen haben.

Kristin Overmeier, Linde Müller-Siepen und allen anderen Mitarbeitern des Boje-Verlags, die mitgeholfen haben, damit dieses Buch Wirklichkeit wird.

Und natürlich allen Leserinnen und Lesern, die hoffentlich viel Spaß mit Lara und Finn und all den anderen haben! Erst durch Euch erwacht ein Buch zum Leben.